後宮の花シリーズⅫ

後宮の花は偽りを貫く

天城智尋

JN259603

双葉文庫

目次

曹真永［そうしんえい］
凌国の王太子。白瑶長公主を妃に迎えた。
陶蓮珠［とうれんじゅ］
相国の元身代わり皇后。翔央を支える相国官吏(仮)。
白瑶長公主［はくようちょうこうしゅ］
翠玉。蓮珠が長年妹として養育した。現在は凌国王太子妃。

人物紹介
郭翔央［かくしょうおう］
相国皇帝。龍貢への禅譲のため側近らと共に凌国に向かっていたが……。
榴花公主［りゅうかこうしゅ］
華国先王の最後の公主。朱景と共に威国へ亡命。
朱景［しゅけい］
榴花の侍女だった青年。蓮珠の母方の親類。

その他の登場人物

【李洸《りこう》】……相国の丞相。皇帝の側近。政治のスペシャリスト。

【張折《ちょうせつ》】……相国の行部長官。蓮珠の元上司で翔央の家庭教師でもあった。

【秋徳《しゅうとく》】……皇帝付きの太監。元翔央の部下で、武官だった。

【紅玉《こうぎょく》】……皇后付きの女官。蓮珠の補佐役。

【魏嗣《ぎし》】……皇后付きの太監。蓮珠の補佐役。

【凌王《りょうおう》】……異母兄を排して即位した凌国の新王。真永の同母兄。

【千秋《せんしゅう》】……凌王の側近。凌王からはチアキと呼ばれる。絵師や武人など様々な顔を持つ。

【鄒煌《すうこう》】……崩御した華王の護衛兼側近だった。

序章

王都の街門は、その国のすべてを象徴するという。

大陸東の大国、凌《りょう》の王都の街門は力強く若々しい威容で王都を護っていた。街門を見上げる蓮珠《れんじゅ》は、眩しさに思わず手をかざした。

「青い……」

凌国は青龍《せいりゅう》を守護獣に戴く国で、街並みも青系の色味が多い。王都の街門の石柱も青味を帯びていた。この国の全体的な色味の統一感が技術大国と呼ばれる凌の理知的な印象を強めている。

凌の王都の名を常春《じょうしゅん》という。つい半月まで『永春《えいしゅん》』の扁額《へんがく》を掲げていたが、現在は『常春』の扁額が掲げられている。その真新しい扁額が街門に鮮やかな青の彩りを加えていた。

今上《きんじょう》の凌王は、異母兄を玉座から退かして即位した。その異母兄が王として永春を統治下においていた八年間、神話の時代から常春の名で知られていた王都は、永春に改名されていた。その改名理由は、この異母兄の名に『永』の字が入っていたからだという。都の人々にとって、永春は思い出したくない圧政の八年間の記憶と結びつく都の名前。新王は即位後の混乱から少し落ち着いてきた半月前、ついに王都の名を昔からの『常春』に戻した、という話らしい。改名は千秋《せんしゅう》の威《い》国滞在中のことで、彼も王都に戻ってきて知ったことだという。

この改名の何が問題か、長く相国の官吏をしていた蓮珠は、よくわかっていた。

「この街門も高いですね。この国では街並みも高い。どの建物も三階以上あるのではないでしょうか。華《か》国では考えられません」

蓮珠の横で同じように街門を見上げていた榴花《りゅうか》が呟く。

「相《そう》国でも考えられませんよ。三階以上の建物なんて、都の栄秋《えいしゅう》か南部の大きな街にしかありませんから」

蓮珠は、にこやかに榴花に応じた。

凌王の側近である千秋に連れられて、威《い》国から凌国に入って五日。

この強制的な旅の始まりの日に比べると、榴花もだいぶ落ち着いてきた。

蓮珠は千秋に、長く妹として育てた翠玉《すいぎょく》、現在の凌国王太子妃の名を出されたことで、常春まで従うよりなかった。同時に、榴花をそのままに、一人で逃げるという選択肢が蓮珠になかったというのもある。実際、自分が一緒にいてよかったと思う場面があった。

凌国に入ってすぐに大陸東、威・凌・華の国境となっている大河・黒龍河《こくりゅうが》を下る船に乗せられたのだが、その船上で目を覚ました榴花は、すぐさま黒龍河に飛び込もうとした。これはさすがに蓮珠が止めた。いくら庭師になって体力をつけたといっても、一年以内のこと。根本的な体力がない公主育ちの上に、泳ぎ慣れていないだろう榴花では、溺れることは目に見えている。榴花を必死に押さえ、生きて朱景《しゅけい》に会おうと説得し、どうにかその場は落ち着いてくれた。

榴花を王都へ連れて行こうとする時点で、暗殺ではない。生かして何かに利用する狙いが、千秋……いや、凌国にはあるのだろう。ならば、好機を待つほうが確実だ。

凌国では、王都へ向かう道中に見た街も三階以上の高さがある建物ばかりだった。それらは、高い建築技術とその技術を生かすことができる潤沢な資金、そして、街並みの統一を徹底できる国政の強さがあってこそ実現できる。半端に逃げては、ただ捕まるだけだから、やはり待つよりない。

「……話としては知っていましたが、ここまで徹底されているとは思っていませんでした。今上の凌王陛下が玉座に就かれてからそう経ってないはずですから、凌国の統治は元々かなり長期にわたって安定しているのでしょう」

蓮珠は元役人の性《さが》で凌国の国としての在り方を考える。

凌は、国のほとんどを平野部が占め、国のほぼ中央を南北に縦断する主要河川祖春《そしゅん》の恵みを受けた大地は、神話の時代から肥沃な穀倉地帯として知られている。農耕のための土地が圧倒的に多く、人が住むための土地は限られていた。

だが、国力がある凌国の人口は相国より多い。その人口は街に集中し、より多くの人々が住めるよう、どの建物も多層階になっているという。

「華国は同じ平野部が多い土地柄でも平屋が多いそうですね」

蓮珠が尋ねると、榴花はぎこちなく頷いた。

「平野部は多いですが、河川が細かく土地を分断しているので、凌国のような大規模な農地はありません。水運を利用した商業で発展した街が多く、河川に沿って横広がりです。その河川に沿った土地をどれだけ占有しているかが、家の強さを示しているところがあるので、横長な邸宅を構えることが多い分、平屋になる……と朱景は言っていました」

榴花は俯《うつむ》く。華国先王（華の新王が立っていないので崩御《ほうぎょ》された華王がいまだ先王になっていない）最後の公主だった榴花は、母親の地位が低かったために王家が所有していた離宮とその庭園である榴花園で育てられ、外の世界をほとんど知らなかった。

そんな彼女の外の世界との大事な窓口である元公主の侍女・朱景が側にいない。とても、不安だろう。蓮珠は、榴花の手を取った。

「大丈夫ですよ、榴花殿。朱景殿には、またすぐ会えます」

榴花公主ではなく、威国の庭師としての榴花に声を掛ける。だが、すぐに彼女を榴花公主に戻す声が入ってきた。

「いいですね、祖国で再会。彼は政《まつりごと》の家の者でしたよね？　話していても有能そうだった。王の側近になさるとよろしいのでは？」

城門の衛兵に入都の声掛けをしてきた千秋が戻ってきたのだ。

「そういえば、威国も王城以外は華国と同じ平屋でしたね。榴花公主様が威に親しまれたのも街並みに馴染《なじ》みがあったからかもしれません。慣れぬ街並みにお心乱れるのも無理なきこと。ですが、ご安心ください。すぐに祖国へお送りいたしますゆえ」

千秋は蓮珠に対抗姿勢で返してきた。

だが、蓮珠の約束も千秋の希望もすぐに潰《つい》えることになる。王都の街門を守ることを使命とする衛兵が眉を寄せて声を掛けてきた。

「……宰相《さいしょう》。そちらの者ですか？　事前の入都申請では他国からのお客人はお一人分しかいただいておりませんが」

衛兵によれば、蓮珠を都の自分の元に連れてくるようにという凌王の命令書は、そもそも不備があり、無効とのことだ。この不備というのが十日前に出された命令書であるのに王都の名前が改名前の永春になっていることだった。この指摘は真新しい扁額を見た瞬間に蓮珠が予測したとおりだった。他国から王城に入る者への審査は、どこの国であろうと厳しい。怪しげな人物を王に近づけるわけにはいかないからだ。たとえ、街の名前ひとつでも怪しいのであれば、徹底的に審査するものだ。

「……千秋殿は、宰相だったのですか？」

絵描きで、青龍遊撃隊《せいりゅうゆうげきたい》隊長だけが肩書きではなかったようだ。

「これ、娘。江《こう》宰相になんて無礼な口のきき方をしている！」

「いえ、いいんですよ。彼女は……」

言いかけて、千秋も気づいたらしい。今の蓮珠に公的な肩書はない。

「………彼女は、これが許される立場の者ですから」

力技で誤魔化《ごまか》したな。蓮珠は瞑目《めいもく》した。このまま宰相という立場で無理を通すつもりなのだろうか。そのつもりが千秋にあるならば、こちらも立場は明確にしないほうが良い気がしたので、この件に関する発言はしないことにした。

「千秋殿は、江姓なのですか。わたしは異なる姓をお聞きした気がいたしますが？」

蓮珠は親しさを演出してみた。

「……え、ええ。役職上、表向きの姓というのが必要だったので。祖国では『オオエ』という家の者でしたので、より大陸風の姓にするため江の字を使うよう、陛下が曹姓とは別にお与えくださり……」

そう口にしながら、明らかに千秋はこの場をどう切り抜けるか考えていた。目が完全に泳いでいる。

「江宰相。……あの者が、どのような立場にあろうとも、許可なき者を都に入れるわけにはまいりません」

街門の衛兵がため息交じりに言う。千秋の肩が大きく揺れた。

「いや、陛下にはすでに文を出して……」

食い下がる千秋相手に、立場上は下位であろうとも衛兵は冷静に返す。

「陛下は祖春西岸に築いた水門の修繕工事を視察されるために五日前から都に居られません。御戻りは明日の午後と伺っておりますが？」

祖春は、たしか凌国の中央を縦断する河の名ではなかったか。一方、常春は凌国南東の端にあるわけで、距離がある。

千秋が沈黙する。蓮珠は千秋と衛兵の間を行ったり来たりさせていた視線を隣の榴花に向けた。視線が合うと、彼女は笑い出しそうになるのを、唇を引き絞って堪えていた。

「……文は、計算上、昨日届いたはずなので……」

千秋がなんとか絞り出した言葉も、衛兵が軽く首を振って一蹴《いっしゅう》する。

「では、陛下は宰相の文をご覧になっておられないでしょうから、許可はありませんね。先ほどの命令書も陛下の筆であるか怪しまれます。常春に戻すこと自体は、即位された当初からお考えでいらしたと伺っております。その陛下がこのような誤りをなさるとは思いません。つまり、……その者は入都できません」

衛兵の鑑《かがみ》だ。蓮珠は自身の入都を止められているわけだが、衛兵に賛美の念を抱かずにはいられなかった。不審人物には、どんな小さな書類不備でもいいから、指摘して足止めをする。その上で、徹底調査と確認を行なう。身元の確かさ、安全性が確認されるまで解放しない……が基本だからだ。現場の役人は結局のところ基本に忠実であることが一番大切なのであって、応用をきかせるか否かは、解放条件が整ってからか、上位の官吏の采配するところなのだ。

「いや、そこを……なんとか……。さすがに彼女一人をここで追い返すわけにもいかないでしょう。まして、凌国内には入っているわけだし、出るのだって許可がないと……」

慌てる千秋の横顔に青龍遊撃隊を率いる名将の影は欠片《かけら》もない。入都できない上に、出国もできないとは、だいぶよろしくない状況だ。蓮珠も危機的状況なのはわかっている。だが、これは通らない。元役人感覚として、それがわかってしまっているだけに、逆に冷静になっている。

「江宰相。王都防衛のために入都に際しての特権や特例を排したのは、陛下と江宰相でございましょう?」

実際そうなのだろう。千秋は気まずそうな顔で衛兵から視線を逸らした。

「ご安心を。陛下がお戻りになり、入都のご許可をいただきますまでは、不法入国者を一時収容いたします牢《ろう》にて、この者をお預かりいたします。どこにも行かれませんし、どこにも行かせません」

気づけば、蓮珠は左右から押さえられていた。しかも、両方とも女性の衛兵。なんと細やかな配慮だろうか。だが、配慮のできる国、凌国の衛兵には、まず人を拉致《らち》した者を咎《とが》めていただく配慮が欲しかった。

仕方ないので、この訪凌が自らの意志でないことを印象付けておく。

「……千秋殿。人を拉致同然でここまで連れてきておいて、これっていったいどういうことなんですかね？」

千秋が蓮珠からも視線を逸らした。このやりとりで、蓮珠が押しかけてきたわけではないことを衛兵はちゃんと察してくれた。蓮珠を取り押さえる女性衛兵の力が緩む。

「……江宰相、あなたという人は。我が国の宰相が誠に申し訳ない。威国からいらしたというが、見たところ、高大《こうだい》民族だろうか？」

「ええ。……相国の者です。威国を経由して凌国に参りました」

「おお、相国。大陸の西側から遠路を。……では、重ねて申し訳ないのだが……」

「大丈夫です。言いたいことはわかっています。これでも元役人です。法治国家において守られるべきものが何かは理解しておりますから」

ため息交じりに蓮珠が言えば、ついには女性衛兵たちも腕に触れるだけになった。こうなると、もう罪人というより慰められている人にしか見えないと思う。

軽く促されて歩きだす前に、蓮珠は千秋を睨《にら》み据える。

「千秋殿。榴花殿のこと、くれぐれも頼みましたよ！」

道中ため込んできた諸々の不満をこめて言い放てば、千秋に頼んだ榴花が、千秋を不信感いっぱいに睨んでいる。不信のあまり、逃亡されては守りようもない。

凌王が王都に戻るまで、あるいは、自分を追って来てくれているだろう翔央《しょうおう》たちの到着までは、解放されるのは難しいだろう。榴花の身に何事もなければいいのだが。

かくて、陶《とう》蓮珠は、大陸西側の祖国から最も遠い国の都で、入都書類不備による不法入都の罪で投獄されることとなった。

第一章

階前万里
〔かいぜんばんり〕

不法入国者を一時収容する牢は、牢と聞いて想像するものとはだいぶ違っていた。

どの牢も石壁で区切られ、扉側こそ格子状だが、夜には外側から幕を下ろしてもらえるそうだ。中には寝台にもなる長椅子、食事をとるための卓と椅子もある。相の牢ではありえないことだが、長椅子には敷布が置いてある。相国では自死を避けるため、本人が着ているもの以外の布は牢内に置かないとかつて所属した部署で聞いていたが、不法入国者だから自死の危険性は少ないと見てのことだろうか。

「……凌王の御戻りは明日。一晩の宿と思えば、なんとか」

蓮珠は長椅子に身を横たえて目を閉じた。

榴花と離れたことで、ようやく自分のことだけを考えられる。とはいえ、今更この状況から逃げるという考えはない。変な話だが、あの衛兵たちの信頼を裏切りたくないのだ。同じ役人（正式には元役人だが）として彼らには敬意を払いたい。彼らは有能で誠実な衛兵だ。今上の凌王が位に就いてから、まだ日が浅いはずだが、王都・常春での統治が行き届いているのがわかる。逃げても、すぐに捕まるだろうから、得策ではない。

それに、逃げる必要はないだろう。衛兵の言によれば、凌王は明日には帰る。

「……なにより、翔央様がいる」

置手紙ひとつできなかった。だが、それで翔央が動かないはずがない。

千秋とは異なり、凌国に入って船を手配することは難しいはずだ。王都まで陸路を使うと黒龍河を下る船より日数がかかる。それでも遅れて三日から四日というところではないだろうか。

どのみち翔央たちは凌に来る。王都を目指す道も知っている。まっすぐに、最短経路で来てくれる。

「大丈夫、大丈夫……。今は榴花殿を無事に威へ帰すことが最優先だ」

繰り返して、自分に言い聞かせる。故郷を失って都に運ばれた夜も同じように『大丈夫』を繰り返した。あの夜は、腕の中に翠玉が居た。妹を守ることに必死だった。同時に、両親と兄を喪《うしな》ったことを思い出すまいと必死だった。

襲い来る孤独。静かな夜。誰の寝息も気配もしない。一人きりで寝る夜。いつぶりだろうか。

思えば、故郷を失って栄秋に入ってからは福田院《ふくでんいん》（養護院）でたくさんの戦争孤児たちと暮らした。役人になってからは翠玉と官舎に住んでいた。激動の一年半も、威妃の身代わりであっても、皇后の身代わりになってからも、役人を辞めて女官として後宮に暮らすころになっても、近くに誰かが居た。翠玉が、翔央が、紅玉《こうぎょく》が、常に誰かが居た。

蓮珠は長椅子の上で丸くなって膝《ひざ》を抱えた。

いま、この牢には誰もいない。見張りがいたとしても、きっと牢の外だ。なにもかもが遠い。晩夏の空気感が、栄秋のそれとは違う。眠らない街の異名を持つ栄秋は、たくさんの店の灯りが夜闇《よやみ》を明るくしていた。牢だからだろうか、夜が暗くて静かだ。知らない場所で過ごす長い夜。朝までもが遠い。祖国とは、あまりにも違う夜。

「……翠玉は、大丈夫だよね？」

真永《しんえい》は近くに居てくれているだろうか。一度は離れ、いままた同じ国に居る。だが、この静かな夜の国が、すでに翠玉の国なのだ。

どうか、あの子の夜は、孤独ではありませんように。

祖国であれば、祈る時に思い浮かべるのは、西王母《せいおうぼ》と白虎《びゃっこ》。凌国ではこれが東海竜王《とうかいりゅうおう》と青龍だったか。

では、この祈りは、どちらに届くのだろう。

目の前の榴花の状態を気にかける緊張が遠のいたせいか、蓮珠は牢で十分眠った。

現在この牢には蓮珠以外に誰も入っておらず、朝食は昨日の女性衛兵が持ってきてくれた。同席しているのは、危険性がない故の厚待遇なのか、監視なのかが微妙なところだが。

「ここであったか。……朝食中にすまない。面会だ」

街門の衛兵が、顔を覗《のぞ》かせた。そのさらに後ろから千秋が顔を出す。

「大変申し訳ない。……我が王からもお叱《しか》りを受けました」

牢の中の人間に、宰相が頭を深く下げて謝るというのは、大丈夫なんだろうか。そう思うも謝罪は当然というのが衛兵たちの表情から読み取れる。宰相本人はわからないが、衛兵たちからしたらこの謝罪に裏はないわけだ。自国の宰相であっても、非があれば頭を下げるのは当然という考えであり、その考えを隠す必要もない。健全で面白い国だ。

「千秋殿、やめましょう。……周囲の視線が痛いです」

牢の前に人が集まって来ていた。明らかに武官。もしや、本格的な牢への移送だろうか。

一緒に朝食をとっていた女性衛兵が弾かれたように朝粥《あさがゆ》の器を下げる。並ぶ武官の間を消えるその彼女と入れ替わりに一人の人物が牢へと歩み寄ってくる。

武官装の中、前に進み出たその人は、上級技官の装束を身にまとっていた。

「誰……？」

呟いた蓮珠の目の前で、千秋が、衛兵が、皆動きを合わせてその場に膝を着く。

その反応で、目の前の人物が誰であるかに気づかされる。

「まさか、凌王陛下……？」

慌てて蓮珠もその場に跪礼《きれい》する。

「お忍びの地方視察だった関係でこの姿だが、偽物でも身代わりでもない。凌国の国主、曹青藍《そうせいらん》だ。チアキが無礼をした。いま文官に大至急で入都の許可申請書を作らせている。形式的なものではあるが、入都の面談をしよう。それが終わるころには作らせた書面が届くだろう」

言いながら凌王が蓮珠の牢の前に立った。跪礼の姿勢から見上げた感じ、身長は翔央のほうが高い。表情が静かで余裕があるせいか顔立ちにも穏やかさが見える。さすが同母兄弟、その容貌は真永によく似ていた。真永との違いは目に現れている。糸目じゃなく細目だというだけでなく、その切れ長の相貌には、理知的で落ち着いた光が宿っていた。技官でもあると聞いている。それも頷ける印象を受けた。

「開けてくれ。朕《ちん》が入都面談を行なう」

翔央のようなよく通る声ではないが、圧のあるその声は、見た目の穏やかさとは逆に、芯《しん》の通った硬質さを持っていた。蓮珠への声掛けの時とは異なり、王命を王の声で発している。声質からして声を使い分けている姿に、蓮珠は叡明《えいめい》を思い出し、見入ってしまう。

「陛下、それはさすがに……」

千秋が凌王を遮って自身が牢に入ろうとするが、凌王がそれを逆に制止する。

「チアキは、この者を実質連れ去ってきたのだろう？　そのような者に入都目的を聞いてどうする？　形式的な質問など答えようがないだろう。お前では応用が利かないのだから、朕がやったほうが効率的だ」

連れ去ってきたと聞いて、場の人々が千秋を見る。「また、この宰相は……」と言っているように見える。絵描きの千秋は、落ち着いた気質に見えたが、政が絡むとよく無茶をする人のようだ。だからこその『神出鬼没の遊撃隊』隊長なのかもしれない。

「陶蓮珠。我が国が大変失礼した。これが義妹の耳に入れば、相当厄介《やっかい》なことになる」

それはそうだろう。牢屋で一晩過ごしたなんて翠玉が知った日には、最低でも猛抗議だ。

「それは……どういう話にしておけば良いというお話なのでしょうか？」

凌王は嬉《うれ》しそうだ。いや、楽しそうに見える。もしや、蓮珠の返事を予想し、待っていたのだろうか。

「話が早くて助かる。榴花公主の凌国入りが心配になり、急遽《きゅうきょ》付き添って王都まで来たということでどうだろうか？」

翠玉が納得するいい理由だと思う。実際、大人《おとな》しく王都まで連れてこられたのは、榴花が心配だったからというのもある。凌王は、翠玉のことを理解している。翠玉は、蓮珠自身の意思で王都に来たならば、その行動をむしろ擁護するだろうから。

蓮珠は少しばかり背筋が寒くなった。凌王は、翠玉だけでなく、『陶蓮珠』という人間の行動やその理由も理解している。蓮珠がやりそうな行動で、且《か》つ翠玉が納得する理由を、帰都して話を聞き、即時に考えたのだ。蓮珠の返答は、やはり予想されていたのだろう。その上、予想通りであることを面白がっている。

この王は頭が切れる。声だけではない、その考え方も叡明を思い出させる。

蓮珠は姿勢を再度正した。叡明に似ているということは、物事の決定の裏に複数の意味を持たせるはずだ。蓮珠が榴花についてきたこと、それをどう利用するつもりなのだろうか。

「……それで、榴花殿はいまどちらに？　わたしは、あの方のことを本当に心配しておりますので」

利用されないために蓮珠が投げかけた言葉に、凌王は正しく反応した。

「問題ない。榴花公主には、すぐに会える。陶女史《じょし》の部屋は、榴花公主の居られる真珠《しんじゅ》宮《きゅう》に用意させるように言ってあるのでな」

王都に戻って、着替えもせずにここに足を運んだというのに、ずいぶんと色々配慮をしてくださったようだ。

ただ『榴花公主』を強調された。しかも『陶女史』とは。女史は、記録文書を職掌とする女官のことだ。聞く者が聞けば、蓮珠は榴花にくっついてきた女官だと思うだろう。公主であれば、侍女や女史がついていて当然ということか。これを、蓮珠に入都許可を出すためにつけた肩書ではなく、周囲に榴花が公主であることを印象付ける狙いがあっての肩書だと考えるのは、うがちすぎだろうか。

「……ご配慮ありがとうございます」

蓮珠は、いつも以上に慎重に謝辞を述べた。全面的に受け入れているわけではないことを口調に滲《にじ》ませた。警戒が声を硬くしていた。視線が合う。王と目が合うなど、恐れ多い以前に不敬だ。だが、こちらから折れるわけにはいかない。合わせた視線を逸らせずにいると、凌王がフッと目元を和ませた。

「いや、怒ってくれていい。このたびのことは、我が国の問題にそなたを巻き込んだのだからな」

そこまで言うと、凌王は蓮珠のほうを見たまま、軽く上げた片手を振った。

凌王の背後、鉄格子の向こう側の人々が大きく下がる。

どうやら形式的な話はここまでで、ここからがわざわざ凌王自らここに現れた理由の話のようだ。

「……そんなに警戒することはない。そなたに重ねて謝りたいだけだ。今回の件は、我が国の後継者問題に巻き込まれたことで起きた」

我が国の、という以上、華国関連で攫《さら》われたのだろう榴花の件ではない。ならば、きっとこちらが、千秋が急遽蓮珠を連れてきた理由ということになる。

「後継者問題？　……王太子殿下が居られるのに、ですか？」

蓮珠は慎重に問う。真永という王太子がいる以上、凌国に表向きの後継者問題はない。そこは後継者が全く決まっていないまま王を欠いた華国と異なる。それでも凌国の後継者問題を口にするとしたら、裏側の問題ということになる。

裏側、すなわち政の中枢で、真永が後継者として認められていないという話だ。

「言葉少なくとも言外にあるものを察してくれるのはありがたい。なるほど、さすが元役人というところか」

どちらかというと、身代わり皇后としての経験によるものだ。後宮生活は遠回しなやりとりの連続だった。それに比べたら行部《ぎょうぶ》での官吏時代などは、素の言葉のぶつかり合いだ。忙しすぎて、遠回しな言葉を選んでいられなかったというのもあるが。

「現状、我が国には、そなたが言うように王太子という後継者がいる。だが、その立ち位置は残念ながら盤石ではない」

蓮珠の予想通りだった。蓮珠は黙って凌王に続きを促した。

「王太子は、私の同母弟だ。私自身は妾《めかけ》も含めて妃《きさき》の類は置いていない。存じていることだと思うが、私はつい最近まで異母兄と玉座を争っていた身だ。長く劣勢を強いられていたこともあり、暗殺されかけたことは数知れず、妻子を持つという考えにならなかった。それは今も変わらない。弱点は同母の弟妹のみで十分だ。国内の力関係を考えるに、私は今後も妻子を持つべきではない」

重い話になった。凌王は現在に至るまで未婚、且つ政治的な理由による独身主義。王太子である真永が次期国王となることは確実。それでも王太子の立場が盤石ではないとはどういうことだろうか。

「徹底した官僚主義の相国ほどではないが、我が国も臣下の発言力が強い。彼らが現状の凌国の安定を支えていると思っている。だが、真永は長く国外にいたので、凌国での内政経験がない。臣下との関係性は希薄で、そのことで真永が王太子であることを不安視する臣下が多い」

蓮珠も理解できる。相国でもそれに似た状況があったからだ。

先帝郭《かく》叡明の後継者問題だ。凌国と異なり、後宮に皇妃はいた。だが、叡明は自身の皇妃を皇妃として扱う気がなかった。即位のその理由自体が、後継者指名の条件に、威国の白《は》公主を娶《めと》ることがあったからだ。叡明にとって、本当の意味での妃は彼女一人だった。ただひたすら彼女が相国に輿入《こしい》れする日を待ち、ついには待ちきれず、双子の弟である翔央に諸々押し付けて国境まで迎えに行ったわけだが……。

ともかく、叡明には約三年間の在位中に御子が生まれなかった。そのことも含めて、兄弟を後継者に据えることになるのだが、長兄は生母の身分の低さから先々帝時代にはすでに自ら継承権を放棄していた。その先々帝時代に後継者最有力候補だった次兄の英芳《えいほう》は大逆で継承権を失った。だから、双子の弟、翔央が継承第一位であることは明らかだった。それでも、翔央は後継者として立太子されるには至らなかった。

皇帝の双子の弟、郭翔央は、皇族でありながら武官の道を進んだ変わり者で、政に疎いというのが、官僚たちの認識だ。双子の兄叡明の身代わりとして、幾度となく玉座に座って朝議に参加していようと、執務室で国の意思決定に参加していようと、それはあくまで身代わりとしての彼であって、郭翔央の実績は皆無のままだった。

次兄の二度目の大逆で叡明が片目を失い、彼が翔央になるという入れ替わりの身代わりが常態化したあたりから、ようやく郭翔央の名も政に関わることになる。だが、入れ替わっていることが周囲に悟られないように翔央を装った叡明は、執務室に籠《こも》っていることがほとんどで、官僚とのつながりはほぼなかった。

現状、翔央は帝位にある。だが、国外での先帝崩御により就いた御位であって、国内の承認は得ていない、まして即位式もしていない状態の、いわば『仮皇帝』だ。

それでも、相国は龍貢《りゅうこう》への禅譲が決まっている。翔央は長く玉座に在るわけではない。そのことが、翔央に仮皇帝であることを許しているといえる。

もし、本当に帝位に就くとなれば、多方面から反対の声が上がるだろう。

きっと、真永の件も似た話なのではないかと思われる。今上の凌王が玉座に就くまでに凌は国内がかなり混乱したと聞く。後継者を決めておかなければならなかったのだろう。

「義妹を育てたそなたの前で言うには言葉が悪いが、王太子妃は相国公主だ。凌国内貴族の娘ではない。王太子の国内での後ろ盾は実質私だけということになる。そこも王太子の立ち位置が不安視される一因となっている」

国主にとって正妃の出自は非常に重要だ。政を円滑に進めるためには、有力貴族を味方につけている必要がある。その味方につけるため方法としてよくとられるのが有力貴族の娘を妃に迎えることだ。

だが、翠玉は凌国と相国の国交樹立・同盟締結の証として王太子である真永に輿入れした。大国同士で国力に差がなく、翠玉の妃としての位は最初から高い。そうして王太子妃の枠が他国からの妃で埋まった以上、国内貴族は王太子に娘を輿入れさせたとしても最高位は望めない。そのことは王太子と国内貴族のつながりを希薄にしてしまうことでもあるのだ。

「ここまでは、正直ほかの国でも、よく聞く後継者問題と言える。ここからが、我が国特有の問題になるのだが……」

凌王が少し声を落とした。

「技術大国である我が国の官僚は技術者が多いのだ」

続く凌王の話によれば、技術大国である凌の官僚は非技術者の真永が王太子であることに反発が強いのだという。逆に反技術者官僚は、技術者官僚への反発から王太子になった真永にすり寄っているらしい。政がわからない真永を取り込もうという狙いがあるようにしか思えないそうだ。

「……政が二分していますね。非常に危険な状況では？」

蓮珠は頭痛がしてきた。

「正確には三分だな。私は真永を王太子にしたことを間違っているとは思わない。だが、技術者官僚たちを政から遠ざけるつもりはない。彼らは今後もこの国を支える重要な存在だ。私は、どちらの考えにも賛同できない」

どこか遠くを見てため息をついた凌王だったが、頭を切り替えたのか、鋭い視線で蓮珠のほうを見た。

「華国の現状は知っているか？」

「知っているわけではありませんが想像はできます。……華王にも後継者が居られませんでした。後継者指名もなく崩御された。国内の政争は相当荒れているはずです」

凌王は否定せず、ただ頷いた。

「隣国の話だが、他人事ではない。我が国は神話の時代から一貫して『大陸一豊かな国』で知られている。高大帝国時代には『大陸一豊かな地方』ではあったが、豊かであることが揺らいだことはない」

「……難民問題ですか」

「そういうことだ。華国内はそなたの言うように『相当荒れている』。庶民は安定した生活を求めて黒龍河を越えて我が国にやってくる。これを無制限に受け入れることができるほど、今の我が国は安定していない」

自国の後継者争いに決着をつけたら、次は隣国が後継者争いで荒れているとは。それでは、凌国も落ち着きようがない。玉座が定まったら内政を整えたいところだろうに。

それにしても、こんな内側の話を、どうして他国の元官吏にしているのだろう。翠玉を育てたとはいえ、身内の意識はないだろうに、これは、凌王の本当の狙いに繋《つな》がることなのだろうか。

蓮珠の警戒心が見えたのだろうか、凌王は一気に翠玉の話に持っていった。

「そこで、技術者官僚の中には、義妹の……王太子妃の翠玉の出自が、華王の姪《めい》であることを理由に、真永もろとも華国へ追いやろうと企てる反王太子強硬派という者たちまでいるのだ」

凌王は小声だけでなく口元に手を添えて、続けた。

「おそらくだが、そなたは、この反王太子強硬派が、王太子妃に対する説得という名の脅しの材料に使うつもりで、私を騙《かた》るチアキへの命令書によって攫われることになったと考えられる」

凌王のやや曖昧《あいまい》にした言葉を、蓮珠は自分の中で組み立て直してみた。

凌王を騙るニセの命令書に、あの千秋がそう易々《やすやす》と騙《だま》されるだろうか。知り合って日は浅いが、千秋の持つ顔が一つや二つではないことを知っている。いくつもの顔を持ち、そのすべてを命の恩人である凌王のためだけに使い分けている側近中の側近といえる人物だ。そんな人物が、街門の衛兵でさえ怪しんだニセの命令書を、見極める目を持っていないわけがない。そう考えると、これは、わざと乗っかったと見るほうが、どうもしっくりくる。

蓮珠は、凌王の後方に視線だけ向けた。千秋がここに居ないのは、王命だけが理由ではなく、なにを話すかわかっているから自分はいなくても問題ないと思っているのではないだろうか。

それがなにかは現時点ではわからないが、ニセの命令書を受け取った千秋は、それを利用しようと考え、騙されたふりをしたのだと思っていいだろう。

何に利用しようとしたか。その狙いを淩王もわかっていて、且つ千秋を許している。だから、蓮珠に謝罪した。蓮珠に非はなく、あくまでも淩国の都合による連れ去りだったから。

だとしたら、狙いは先ほど言っていた『反王太子強硬派』ということになるのだろうか。その派閥が蓮珠を常春まで連れてこさせたことを理由に圧力をかけるつもりなのかもしれない。あるいは、蓮珠が政治的に利用されないために、反王太子強硬派を警戒、遠ざけるように仕向けるためにこの話をした可能性もある。

まあ、蓮珠を常春に連れてこさせたのが、淩王でも、反王太子強硬派でも、どっちでもいい。蓮珠にとって重要なのは、自分が誰に攫われたかではない。

「それはつまり……翠玉を政治の道具にしようとしている者が居ると？」

蓮珠が言えば、淩王が机越しに身を乗り出した。

「怒りの矛先《ほこさき》は自身の処遇ではなく、そちらか。ふむ。私としても、その怒りは理解できる。だが、今は冷静に対処しよう、陶蓮珠。……私も真永を愚弄《ぐろう》する者たちを片っ端から投石機に括《くく》り付けて、はるか遠くまで飛ばしてやりたいと思っている。だが、今のところ我慢している。だから、そなたも今のところは抑えてくれ」

　蓮珠は理解した。不敬な表現だが、凌王は自分と同類だ。蓮珠は姉馬鹿であることを自覚している。凌王も兄馬鹿を自覚しているのだろう。

「いいでしょう。……ただ一つ、忘れないでいただきたいことがございます。わたしは、翠玉だけでなく、榴花殿も政治の道具になどさせません」

　釘《くぎ》を刺した蓮珠に、凌王が少し乗り出していた卓上から身を引く。

「新たな相皇帝は、なかなか面白い者を擁しているではないか。これは期待できる。会うのが楽しみだ」

　相手の意図する答えを避けて、否定のできない言葉を返す。食えないな、と思ったのは、たぶんお互い様だ。


　凌王の言葉どおり、蓮珠が案内されたのは、榴花の滞在する真珠宮だった。案内役曰《いわ》く、ここ真珠宮は、凌国の都城・青峰《せいほう》城の七大宝宮《ななだいほうぐう》の中でも、最上級格の宮であるそうだ。妃も妾もいない今上の凌王は、後宮ががら空きなので、基本的に空き宮は客人用に開放されているという。その中には、先に凌国入りしている飛燕《ひえん》宮の秀敬《しゅうけい》とその妃である淑香《しゅくか》もいるそうだが、まずは榴花の無事を確かめるべく、蓮珠は指定された宮の門に入った。

てくれた。

「蓮珠殿！」

殿舎を出ることが許されていないのだろう。榴花は蓮珠を真珠宮の院子《いんし》（中庭）で迎えてくれた。

「榴花殿。ご無事でなによりです。一晩、なにごともありませんでしたか？」

あってたまるかと思うも、蓮珠はそれを確かめずにはいられない。

「はい。蓮珠殿こそ、牢に一晩なんて……」

榴花の返答に安堵《あんど》とともに苦笑いが浮かぶ。

「問題ないです。存外快適でした。……でも、もし次があったら、荷物の中に紛れて入都することも検討しようと思います」

山間の邑《むら》出身で、戦争孤児として都・栄秋に入ってからも福田院で多くの同じ境遇にある子どもと寝起きを共にした。多少、硬くて狭い寝台も蓮珠にとっては、どうということもない。榴花の緊張を解くために、自国の使節の入国方法を思い出して口にしてみる。

「おや、陶女史は次も不法入都なさるおつもりですか？」

背後の千秋が言った。見張り役なのか、連れてきた張本人だからなのか、真珠宮への案内役として同行してきた千秋が蓮珠の後ろに立っている。

「凌国とはそうならない関係を築きたいところですね。そもそも不法入国させた張本人に言われても……」

警戒心を隠すことなしに、肩越しに返す。

「……これは手厳しい」

まったく相手にされてない感が鼻につく。もしや、ニセの命令書で云々《うんぬん》は偽りか。いや、凌王の話はありえる話だった。そうなると、やはり千秋が国内不穏分子である反王太子強硬派の話に乗っかってやった可能性が高い。逆に彼らを追いつめるために蓮珠を使ったのかもしれない。それこそが千秋の狙いだったとか。狙いのためなら、騙されたふりも、命令書を盾に蓮珠を連れ去ることも千秋はやると思う。

そう考えて睨む蓮珠の視線を涼しく受け流し、千秋が思い出したように言う。

「そうそう。実は貴女にお会いしたいと複数の方々が希望されておりまして」

「……複数？」

翠玉はわかる。伴って、真永もわかる。だが、二人だけではなさそうだ。

「郭秀敬殿が妻子を伴い……」

「妻子……。お生まれになったのですね！」

蓮珠は思わず千秋に詰め寄った。

「は、はい。長旅の後でもあって、大変な状況もあったそうですが、今は健やかに過ごされているそうですよ」

よく考えたら千秋は自分たちと同じく威国に居たわけで、伝聞でしか知らないのだ。

「蓮珠殿!?」

千秋に詰め寄る蓮珠に、榴花が「近すぎです」と衣を引いた。

公主育ちの榴花からすると、蓮珠の千秋に対する距離は近いようだ。

いや、でも、榴花と朱景も近いと思うのだが。

「えっと……覚えていらっしゃいますか？　飛燕宮様と宮妃でいらした淑香様です」

「はい、覚えております。……え、じゃあ、お二人に御子がお生まれに！」

榴花が目を輝かせる。

「ええ。……あっ。飛燕宮様方に御足労いただくなんて申し訳ないです。わたしか……ら……あー、ここから出られる身ではありませんよね？」

蓮珠は肩を落とした。

「陶女史は、我々の言いにくいところを察してくださるありがたい御方です」

千秋のさらに後方に居た真珠宮の衛兵がにこやかな笑みを浮かべてから頭を下げた。

この真珠宮を出られないにもかかわらず、二人の話をしたということは、二人と蓮珠が会うことを凌国として承認しているということになる。

「では、大変申し訳ないのですが、こちらでお会いいたします」

そもそも、断るとも思っていなかったのだろう。蓮珠が返事をしてすぐに真珠宮の門の前に城内移動用の輿《こし》が止まった。

蓮珠は、駆け寄りたい気持ちを抑えて、榴花がそうしたように門の内側で待った。ほどなくして、秀敬と淑香、その後ろに乳母と思われる女性に抱かれた赤子が門を入る。

「お久しぶりにございます」

蓮珠がその場に跪礼すれば、秀敬と淑香のほうが駆け寄ってきた。

「陶蓮殿！」

重なる声で、いきなり二人に詰め寄られた。榴花に止められた距離感を超えている。

「……その、北回りは色々あったようだが、伝聞のみで、本当のところは何一つわかっていない。弟たちは無事なのか？　父上に何があったのだろうか？」

秀敬としては、当然聞きたいことだろう。聞かれるだろうと思っていた。それでも、呼吸を整えるために蓮珠は瞑目した。

幾度となくこの質問を受けて、目の前で起きたことを話す。ともにすべてを目の前に見た明賢《めいけん》が乾《けん》集落に留まった現状では、蓮珠だけが語り部だった。たとえ、すべてを知っているとはいえ、翔央に語らせるべきではない。この件に関して、翔央は今も不安定だ。だから、これは、すべてを目の前にしながら何もできなかった自分の役割だ。

蓮珠は目を開けると、千秋に人払いを願う。さすがに凌の監視下にあっても、これは聞かせていい話ではない。

「陛下より、その件に関しては密室を許すとお言葉を賜っております」

凌は細やかな配慮を忘れない国だ。ありがたいという想いと同時に、すでに知っているのではという考えが頭をよぎる。

秀敬と淑香と三人で、一つの部屋に通された。千秋と衛兵、榴花も同席しない。榴花にはすでに華王の件を語っていたので、今回は席を外してもらった。

榴花に話したのは、華王の最期。秀敬と淑香には、その手前にあった叡明と冬来《とうらい》の話もしなければならないから。

二人に何があったのかを語った。できるかぎり、客観的に。自分の心情は入れないようにした。どこで蓮珠が何を思ったとしても、結果に対する言い訳にしかならないからだ。

「そうか。……そんなことが」

「申し訳ございません。その場に居ながら、なにも……」

言葉を詰まらせた蓮珠は、秀敬と淑香の前に平伏した。だが、すぐに淑香に抱きしめられる。

「謝らないで。……よく生きていてくれたわ。貴女が居てくれたから、翔央様も明賢様もご無事だったのよ」

「淑香の言うとおりだ。……貴女はよくやってくれた、陶蓮殿。郭家の者として、心から感謝している。弟たちが世話になった」

淑香の腕の中で、秀敬の言葉を聞く。心がどこを向いていたか、自覚させられた。一連の出来事が未消化だったのは、翔央だけではなかった。蓮珠もまた同じだったようだ。

「恐れ多いお言葉です」

「蓮珠殿、貴女が貴女を否定してはダメよ。貴女は、その場を切り抜けたことを誇っていいの。……そして、誰に遠慮することなく悲しんでいい」

どうして、身近な誰かが逝ってしまうことに、こんなにも人は慣れないのだろう。もう会うことができない人を想い、何度も何度も涙する。涙した先に何があるわけでもない。それでも、涙が涸《か》れることはない。

「淑香様……」

そうしてあふれ出た涙が、部屋に飛び込んできた声で一気に引っ込んだ。

「お姉ちゃん！　なにがあったの？　……どうして泣いてるの？　誰がなにしたの？」

矢継ぎ早の問うというより、もう非難の悲鳴だった。すぐ後ろにいる真永が顔を逸らし、額に手をやった。わかる。これは、答え方を誤ると、国家間問題に発展しかねない。

「落ち着いてください、王太子妃様。わたしは再会の喜びに涙が出ただけです。なにかがあったわけではありません」

静かにきっぱりと言ってから、部屋の扉が閉まっていることを確認する。

「……翠玉。貴女と会えたことにも涙していいかしら？」

淑香の手を離れて、翠玉と向き合い、蓮珠は両腕を大きく広げた。

「お姉ちゃん！」

大陸南部の血が濃い翠玉は、蓮珠より背が高い。前屈《まえかが》みで、それでも勢いよく蓮珠の腕の中に飛び込んできた。

「……さすがです」

真永が小さく賛美を呟くのを、蓮珠は翠玉との再会に涙しながら聞いていた。

千秋から翠玉の名を出されて、ここまで来たのだ。翠玉の身に何事もないと、この目で確認できたことは、純粋に嬉しい。ただ、それ以上に再び会えたことが嬉しい。あの出立式の混乱の中で、北へ向かった。厄介な華王も龍義《りゅうぎ》もこちら側を追ってきたから、無事であるとは思っていた。それでも、ずっと不安はあった。いま、その不安も晴れた。

「よかった」

涙にも色々ある。喜びの涙もまた涸れることなく、頬《ほほ》を濡《ぬ》らすのだ。

蓮珠の入都から四日が経った。庭師の性というところか、榴花は滞在場所として与えられた真珠宮の庭をひたすら整えていた。大陸北に位置する威国とは異なり、凌国王都は大陸東南部にあり、季節はまだ本格的な秋を迎えていない。まだまだ暑い。

「……倒れないように見ていないと」

そう思って庭に出ていた蓮珠の視界の端に、最上位の技官服をまとった凌王が木の陰に半身隠れていた。

「……なにをなさっているのでしょうか?」

いくら客人を泊めているとはいえ、自身の宮城の一部ではないか。堂々と殿舎の門から入ってくればいいというのに。

「厄介なことになった」

蓮珠が気づくのを待っていたかのように、凌王が蓮珠にそう話を振る。

「お言葉ですが、榴花殿とわたしがここに連れてこられた時点で、すでに厄介ごとが発生していると言える気がしますが」

蓮珠の反論に、凌王はしばらく考えてから首を横に振った。

「いや。陶蓮珠は、ただそこに居るだけで厄介ごとが寄ってくるという話を聞いている。それが真実であったという話であって、ここに来た経緯は関係ない」

自国、威国に続き、凌国でまでそれを言われるとは。蓮珠の頬が若干引きつる。

「なんですかそれ。……わたし本人は何もしていませんよ」

厄介ごとが避けようもなく蓮珠に向かって全力で突進してくるのだ。けっして、蓮珠の意志でも企てでもない。風評被害というやつである。

「無論そうであることは知っている。だが、『陶蓮珠は、凌国の後継者指名のために招かれた重要人物らしい』という噂《うわさ》が回っている。さすがに無視を決め込めるものではないと悟ってここに来た。ただ、この噂がある以上、表立ってはここに来られないので、こう物陰から」

それで木の陰に隠れていたらしいが、そのほうが内密の話をしに来ているようで怪しまれるのではないだろうか。

そこはいい。それよりも噂の内容だ。

「なんですか、その胡散臭《うさんくさ》い話は？」

蓮珠は、他国の国主を前でも遠慮なく眉《まゆ》を寄せた。

「そのとおりだな、陶蓮珠。……まったく。私が一人で決断できない者のように言われるのは癪《しゃく》だよ」

王というのは、国家の大事《だいじ》を自身で考え、自身で決断することを是《ぜ》とする存在である。たとえ、それが臣下の献策であっても、自身の意思決定によるものとして、民を導くものである。それが、他国の者を後継者指名のために招いたなど、あってはならないのだ。

「……まあ、その一因は、凌王陛下がこの真珠宮に連日いらっしゃっていたからではないでしょうか？」

蓮珠の指摘に、凌王が思い切り首を横に傾ける。

「他国の客人の接待は国主の務めだと思うが？」

「接待って……、実際は囲碁をやりに来ているだけですよね」

この指摘には、自覚があるのか腕組みして大きく頷いて見せる。

「二人とも強くて楽しい。……うちの国の連中は誰も相手をしてくれない」

子どもか。呆《あき》れる蓮珠と違って、庭を整える手を止めた榴花は素直に謙遜する。

「強いなんて、朱景に比べたらわたくしなど全然弱いです……」

朱景が榴花に碁を教えたのであれば、接待碁ができないのも納得だ。もっとも、そういう蓮珠も凌王相手に接待碁はしていない。叡明、翔央だけでなく、明賢も接待碁を嫌っていたから、高位の方々への接待碁はしないという基本方針が確立してしまっている。結果として、凌王は接待抜きで打てることを楽しみに、ここに来ては碁を打っている。

「わたしも強くはありません。……というか、周囲が……」

叡明、翔央、冬来に明賢、いずれも非常に碁が強い。いや、李洸《りこう》、張折《ちょうせつ》も強い。周囲にいる全員が蓮珠より強い。あと、行部の同僚も……。

「上が居すぎて、わたしが強いなんてとてもとても……」

ため息交じりに言ってから、蓮珠は凌王を見据えた。

「それに、陛下の本来の目的は、囲碁の相手探しでも、わたしでもありませんよね？」

凌王は答えない。ただ、腕組みしたまま蓮珠を見ている。本当に蓮珠が目的を把握しているのか試しているのかもしれない。

「榴花様に御用なのでしょう？」

蓮珠は遠回しにせず、真っすぐに問う。

「そうなのですか？」

榴花が反応する。蓮珠としては狙い通りだ。碁を打ちに来るだけの凌王に、警戒心が薄れていただろう。ここは、やはり指摘しておいてよかった。

「……陶蓮珠は陶蓮珠で、それがわかっていて、榴花公主に私の相手をさせているな」

共犯者扱いされた。蓮珠は少しだけ瞑目した。

入都から四日が経っている。そろそろ翔央たちがこの常春に着くはずだ。さすがに相国の国主の立場であれば、不法入都で捕まることはないだろう。

もうすぐ、翔央が来る。その時に、榴花の問題で少しでもこちらが有利な状況を作っておきたい。

「王の資質の一端は囲碁の腕前に出るそうですよ」

遠まわしな表現を察することに慣れるにつれ、逆に遠まわしな表現を発することもできるようになってきた。

「……知っている」

そして、凌王もまたこうしたやりとりに慣れている。正しく伝わっている。

碁を打つことで、凌王は榴花を見定めようとしていた。蓮珠は、榴花が抵抗なく碁を打てるように誘導するための道具でしかない。

「では、わたしの目的にもお気づきでしょう？」

大人しく道具になっていたのは、碁を通じて、凌王が榴花は王に向いていないことに気づいてもらうためだ。蓮珠は良くも悪くも、玉座に在る人物やこれから玉座に就くことになる人物に、たくさん会っている。それは、相国だけでなく、華国、威国、大陸中央地域、そして、凌国。並べると、ほぼ大陸中の最高位に立つ人物を見知っていることになる。

だから、知っている。榴花は華国先王の最後の公主であるが、女王にはなれない。無論、本人も華国新王になりたいなんて欠片も思っていないだろうことも知っている。榴花は、すでに威国の庭師として生きることを己に定めているのだから。

「そうだな。わかっている。だが、玉座なんてものは本人の向き不向きだけで決まるものでもない。……陶蓮珠。思うに、その政に慣れている様子が噂の要因ではないか？」

榴花の王としての力量を見ていたことを肯定するも、引き下がるという選択もないことを告げるなり、話の方向を変えてきた。

「話を変えられるとは、凌王陛下の碁の手らしくありませんね」

そうはさせまいと話を戻そうとすれば、凌王はとんでもないことを言ってきた。

「やれやれ。……いっそのこと、そなたを華に送り込もうか？」

「わたしでは、陛下が『榴花公主』にこだわる前提が崩れますよ」

向き不向きだけで決まらない部分は、血統だ。先王最後の公主というのは、華国にとって非常に魅力的なのだ。相国と異なり強固な貴族社会を形成している華国では、血筋は非常に重視される。

「たしかに。……だが、陶蓮珠であれば、道具ではなくなる」

政を知っていることへの評価だろうか。もしくは、華国との見えないつながりを知っているのか。探ろうと無言のまま凌王の目を見つめたところで、榴花が割って入る。

「凌王陛下。蓮珠殿になにをさせる気ですか？」

蓮珠を庇《かば》うように立つ榴花の背中を見つめ、その頼もしさに、この人は本当に威国に行って良かったとしみじみしてしまった。

「他者に向けられる感情に対する感覚は鋭いのになぁ……」

凌王がぼやく。たしかに榴花の碁は、相手が仕掛けてくることに無防備だ。自分の碁を貫き、押し通す。そういう打ち方を朱景が教えたのだろう。

「そもそも、陛下の周辺の方々は陛下のお考えに賛同されているのでしょうか？」

問う榴花の声は強い。

「……少なくとも、そこの宰相は賛同している」

先ほどまで凌王が顔を覗かせていた木の後ろから、千秋が出てきた。一国の王と宰相が何しているんだか。

「全部に賛同というわけではないですよ。華国の件のみ賛同しているが正しいです」

千秋は、賛同の範囲を訂正した。

「華国の政情不安は早急に解決すべきです。……それを華国自身ができないというならば、口出しするのも致し方ないことだと考えています」

その口出しが、玉座に据える人物を用意することというのは、口が大きすぎるのではないだろうか。

「華国の件のみ、ということは、凌国の後継者問題は陛下に賛同できない、ということですか？」

蓮珠が問えば、千秋は柳眉《りゅうび》をわずかに歪《ゆが》める。

「王太子は生粋の武人だと思っている。その本領を発揮すれば、玉座は一瞬で奪われるだろう。……なのに、この方ときたら、二人きりになるのを止めやしない」

千秋は真永を危険視しているのだ。今上の凌王は、異母兄と玉座を争った。同じことが同母弟との間で起きないなんてことは、誰にも断言できないだろう。

「私には妃も妾もいない。継がせる子もいない。これからも、だ。遠からず真永が玉座に就く。わざわざ奪う意味がないのだから、あの子だってやらないよ」

凌王は、真永のことを信じているというより、真永の理性的判断を信じているようだ。

「……でも、王太子は妃を得た。『遠からず』を待たないかもしれない」

千秋がぼそりと言った。これに蓮珠は庇ってくれていた榴花の背後から出て、千秋を睨んだ。

「それはうちの翠玉に対する誹謗中傷《ひぼうちゅうしょう》ということでよろしいですかね。江宰相？」

　翠玉が真永を唆《そそのか》すとでも言うのか。許しがたい感情に頬が引きつる。

「……千秋殿。人には触れていい問題と触れてはならない問題がありますよ」

　今度は蓮珠の後ろに立つ形になった榴花が、千秋に助言する。

「榴花公主様。あなたはあなたで他人事すぎやしませんか？」

「他人事ですよ。わたくし……いえ、私はすでに華国の者ではありません。威国の庭師ですから」

　榴花が自分の整えた庭を示して胸を張る。誇れる自分の仕事があるというのは、折れることのない軸を持つことだ。これは、凌王たちの思惑がどこにあろうと、揺らいだりしない。自身の足で立つ場所を得ていることが、踏ん張って立てる自信につながる。

　やはり、凌国も華国も、榴花の居る場所ではない。

　そもそも彼女には『公主としての己』というのがなかった。白鷺宮《はくろきゅう》の正妃候補として相国に来たが、彼女自身の目的は公主の役割からは遠く、朱景がこれから生きる場所を求めていた。華国の公主として外交に励むことはなく、その言葉は棘《とげ》を持っていた。自身の言動で華国がどう評価されようと気にしていなかったのだろう。彼女にとって華国の公主であることは、相国に来るために必要な肩書でしかなかった。

　蓮珠は『榴花公主』を知っている。身代わり皇后としてはもちろん、女官吏陶蓮珠としても接する機会があった。大事《おおごと》に巻き込まれたが、彼女が朱景のこれからを思って必死であることだけは伝わった。まるで、朱景が生きていることだけが、自身の生きた証であるかのように。

それほどまでに朱景が生きる場所を探していた彼女が、朱景と一緒に生きる場所にたどり着いた今を、蓮珠も大切にしたい。だから、ここに居るのだ。

「……それに、蓮珠殿がおっしゃいました。すぐに朱景に会えると」

榴花の声は、この場においても震えることなく、凌王と千秋を前にしても圧倒されてはいないようだ。その頼もしさに、威国への道をつないで本当に良かったと思う。

「私が朱景に会えるということは威国に帰るということです」

威国に帰ることを彼女は諦めていない。これならば、交渉のしようがある。

蓮珠は千秋を睨みながらも、口の端を上げた。

「ずいぶんと楽観的な発言ですね。お二人で華国にお戻りになるということもあるのでは？」

千秋の言い方は皮肉を含んでいた。しかし、榴花はそんなことなど気にもせず、静かに反論した。

「華国のどこへ戻ると？　私と朱景は、あの国に居場所などなかった。私たちが『戻る』

としたら、威国の元都《げんと》だけです」

言い切った榴花は、蓮珠の横に並び立つと、凌王に向かって言った。

「蓮珠殿は『大丈夫』ともおっしゃってくれました。だから、大丈夫です。蓮珠殿は、どんな無茶な状況でも覆《くつがえ》してくれます。凌王陛下の狙いがどこにあったとしても、です」

庭園生まれの庭園育ち、上位の人物と会う機会などほとんどなかったと聞いている。国内の政の中枢から遠ざけられ、外交の場に出たのは相国に来たあの時だけ。だからこその強さだと思う。蓮珠は元役人。どうしたって国主と宰相の前では、長く染みついた感覚で、御前では跪礼したくなる。だが、榴花は凌王にも千秋にも臆してはいない。

「これは信頼度の高いことだ。陶蓮珠。そなたも凌に留まっていただけないか？　噂どおりの重要人物として」

凌王も他人事のように笑う。たとえ、周囲が反対しても、真永を後継者とすることを曲げないという意志を感じる。

それは同時に榴花の件でも譲らないという意志表示のようにも見えた。

食えない者同士だ。次の一手を考えている。相手の意見を覆せるか、遠回しに探り合っている。

あと一手。そう思って続く言葉を探す蓮珠の耳に、聞きなれた声が入ってきた。

「蓮珠は相の民だ。いかに王とて、蓮珠を凌に留める権限はない！」

大陸南部の血筋を示す長身。よく通る声。

急いでここまで来たのだろう。肩で息をしている。整えられていただろう髪はやや乱れ、表情にも余裕がない。

「待たせたな、蓮珠。無事か？」

それでも、蓮珠の顔を見て、笑みを浮かべてくれる。

「翔央様！」

蓮珠の声は、歓喜に少し揺れていた。

だが、その歓喜の熱を、すぐさま冷え込ませる声が間近で発せられた。

「……ようやく、相国新皇帝の登場か」

凌王の『ようやく』に力がこもっていた。思えば、約二カ月の大遅刻である。

大陸東西の大国の国主がそろうという壮観な光景なのに、この場での力関係は、明らかだった。

「……それで、相国新皇帝よ。最初に言うべきことは、それで良いのか？」

蓮珠は、翔央に遅れて真珠宮の門を入ってきた李洸たちの側に立ち、共に謝罪の跪礼をした。

第二章

一饋十起〔いっきじっき〕

西の大国の国主が来たのだ。王城は大騒ぎになった。

蓮珠も衣服を整えて、相国側の人間として謁見の間に入った。

「……実質、無位無官の身ですが」

相国皇帝の臣下に列していいのかわからない。

「覚悟決めろや、陶蓮。謝るしかできない状況で、下げる頭は一つでも多いほうがいい」

言葉こそいつもの張折だが、その表情は緊張していた。外交の場において、初手から謝罪というのは、今後の関係性を考えるに圧倒的に不利である。元軍師の張折からしたら、これは最初から負け戦という状況だ。どうにかして、少しでも評価を回復せねばならない。

「僭越《せんえつ》ながら相国臣民として、誠心誠意謝ります」

蓮珠は、言われた通り覚悟を決めた。

謝罪と言うも、跪礼する蓮珠たちと異なり、国主である翔央は立位のままである。

「そなたらが威国で足止めされている間に、龍貢殿は自領に戻られた。龍義軍残党狩りの指揮をとらねばならないのでな」

凌王は翔央だけでなく、相国側全員に言葉をかける。恐れ多くも玉座からの直言である。

相手は国主。こちらは返す言葉もなく跪礼の姿勢を保つのみ。

「先帝陛下とは、すみやかな禅譲が必要であるとの認識を共有していたのだが、そこらへんは引継ぎがなかったのだろうか？」

皮肉がキツイ。だが、相手は国主である。こちらは頭を下げ続けるよりない。

「……遅れたことを謝罪する」

翔央が膝を折った。これには、凌王もだが、周囲の臣下たちも驚く。翔央の感覚は、まだ皇帝のそれに調整されていない。自身の非を認め、謝罪できる人である。

「私に謝罪することではないな。禅譲に伴う行事が多く企画されていた。それらすべてが無期延期状態だ。準備を進めていた者たちにこそ、それを言ってもらいたいものだ」

それじゃあ、と臣下たちのほうに身体を向けようとする翔央を李洸が小声ながらも鋭い声で止めた。

「主上、ちょっと大人しくしていてください」

丞相として、このまま進行するわけにはいかなかったようだ。

外交での謝罪は、すればいいというものではない。手順があり、国力を考慮した謝罪の範囲というのがある。そのあたりの打ち合わせをする間もなく常春を目指したということだろうか。

そうであるなら、原因の一端は蓮珠にある。

「凌王陛下」

蓮珠は跪礼の姿勢から顔だけ上げた。

「どうした、陶蓮珠。発言を許す」

凌王としても、この場の空気を落ち着かせるのに都合が良かったのだろう。蓮珠に発言を促した。

「ありがとうございます。……怖れながら、我が相国先帝の崩御は突然のことであり、なにひとつ引き継げておりません。そのため、禅譲がどのような手続きで行なわれるのかさえも、我らは把握しておりません。どうか、その段階からお話を伺いたく存じます」

遅刻は謝罪するよりないが、引継ぎができていない点は多少事情を考慮いただきたい。

「そうか……そうだったな。相国先帝は……叡明殿は、龍義殿との相討ちの上、崖から転落したと聞いた。引継ぎなどあろうはずがなかったか」

ずいぶんと細かく知っている。秀敬と淑香と話していた時に、すでにある程度は知っているのかもしれないと想像はしていたが、思っていた以上だ。目には見えなかっただけであの場に誰かを仕掛けて話を聞いたのだろうか。あるいは、千秋が威国で情報を仕入れて凌王に報告したのか。

蓮珠は再び玉座から顔を下げた。内容に対して肯定も否定もすべきではない。そう思ってのことだ。こちらから凌国に与える情報は最低限に絞るべきだ。

　蓮珠は強い言葉で自分を鼓舞した。そうしなければ、何かを口にしてしまいそうになる。玉座からの圧に辛《かろ》うじて抵抗できるのは、自国で皇族の圧に晒《さら》され続け、それなりに慣れてきているからだろうか。

「陶蓮。それでいい」

　張折がかなり小さな声でそう言った。それが聞こえたわけではないだろうが、凌王も蓮珠の判断を肯定して、話を進めた。

「いい判断だ。……誰か、相国側との再調整をしてくれ。龍貢殿にも使者を送る。もう一度、禅譲のための場を整えるように」

　凌王の声掛けに、凌の官僚たちが一斉に『御意』を返す。

「相国からの客人たちよ。どうか、龍貢殿の来訪を待っていただきたい。……栄秋とは異なり、娯楽の少ない地味な街だが、滞在中は楽しんでくれ。行き違いによる予定変更を二度受け付けることはない。そのことは、よく覚えておくように」

　言うだけ言って、凌王は謁見の間を出ていった。

「……これまで会ったことのある国主の中で、一番玉座に在る人っぽいです。常春に来てから何度かお会いしていますけど、今日はまとっている空気が違いました」

　蓮珠は、緊張から解放されて大きく息を吐いてから、元上司相手に呟いた。

これでも、自国の皇帝、元皇帝。華国の王。大陸中央地域の覇権を争う左右龍。威国首長。蓮珠はほぼ大陸中の国主を見たことがある。それでも王の圧には緊張する。

「まあ、さすがに望んで玉座に就いただけはあるよな」

「そうでしたね。凌王陛下は、異母兄を排して、玉座を得た方でしたね」

最初から、最高位に昇るために生きてきた人だ。

「そうだぞ。……だから、気を引き締めていけよ。うちの元皇帝をもってして、どうにか渡り合えた相手だからな。気がついたら、禅譲先が凌国になりかねない」

「ま、まさか……そこまでは……」

凌国は大陸一豊かな国で、外に出ていく必要性がない。

「思い出せ。高大帝国の興りは、古凌国の王による大陸中央征服戦によるものだぞ。その発端は、大陸全土で政情が安定しなかったことを憂えて、いっそ自分がまとめて面倒を見ると決断したからなんて話もある。正直言えば、現状の大陸で高大帝国の後継を名乗れるのは、この凌国だけだ。なにせ、いまは、どこの国も安定していないからな」

五百年前の古代の王の心情を想像するなんて、烏滸《おこ》がましいことかもしれないが、今上の凌王との話を思い出すに理解できてしまう。

自国に難民が集まるのを止めるなら、隣国に新王を送り込んで安定させてしまえばいいという今上の凌王の考え方の拡張版だろうか。この国の思考というのは昔も今も変わらないようだ。

「そうですね。凌王陛下は、高大帝国の後継を名乗れるかもしれません」

遠い過去、この国はその考えを押し通して大陸全土を支配する帝国を作り上げた。その成功例を知っているのだから、隣国に新王を送り込むこともうまくいくと考えているのだろう。

「……ずいぶんと、凌王への評価が高いようだな?」

少し前を李洸と緊急打ち合わせをしながら歩いていた翔央が振り返った。

「いえ、そんなことはないですよ。なにせ、人攫いに等しい状況で常春に来た身ですから。……まあでも、それを抜いても警戒心が解けない相手です。先ほども、こちらのことをずいぶんと知っているものだと、言葉が止まってしまいました」

張折が改めて『それでいい』と蓮珠の判断を肯定する。

「……見た目には技官だが、王は王ということか」

翔央がため息交じりに言った。

「そこまでにしてください」

李洸が言って周囲を見るように促す。

遠巻きではあるが、凌国の官がこちらを見ている。

「監視というより観察の視線だな。……蓮珠、横に来い。視線の壁になるから」

「主上。国主が臣下の壁になってどうするんですか。逆でしょう、通常。とてつもなく大物感出ますよ、例の噂に拍車をかけてどうするんです？」

李洸の指摘に張折がにやにやと笑いながら頷く。

「なんでこんなことになったのか。まずは、陶蓮の話を聞かねえとな」

「真珠宮に行きましょう。榴花殿もおられます。今後について話し合わねばなりません」

蓮珠は翔央、李洸より前に出ると、真珠宮へ向かう道を最短経路で案内する。その行為が、『自国の皇帝の前を歩ける人物』として、これまでの噂にさらなる尾ひれをつけることになるとは、まったく思いもしなかった。

真珠宮には、来客対応のための部屋がある。相国後宮の皇妃は、宮の母屋にあたる正房に長椅子を置いており、そこに座って訪問者を迎える。ここ真珠宮では、最奥に主の席、その前に左右に並ぶ三脚ずつ椅子が並び、椅子と椅子の間には茶器を置ける程度の小さな卓が置かれていた。

「現状、この宮の主は榴花殿だろう？　俺は客人の席でいい」

「主上。凌国の方々から見ると、それは榴花殿の新王即位を支持しているように見えます。椅子の数は足りています。主の席は空けて話しましょう」

李洸がすばやく席を決める。迷えばそれだけで、凌国側にその裏のある思考を探らせることにつながる。

この種の意見で、翔央が李洸の提案に反対することはない。翔央はすぐに着座して、蓮珠たちも李洸の指示に従うよう促した。

「蓮珠が……いや、榴花殿も、だな。二人が無事で何よりだ。この宮を自由に出入りできるというわけではないだろうが、朽ちそうな宮をあてがわれたわけではないことに安堵した。気持ち的に快適とまではいかずとも、落ち着きを取り戻すことはできたようだな」

翔央の声に、微笑みに、蓮珠の胸に再会の実感がこみあげてくる。蓮珠は、翔央の顔を見ることで、ようやく安堵した自分に気づくも、緩む口元を両手で押さえた。

「……いえ、実際に心身ともに快適でした。部屋が榴花殿と同じくらい豪華なんですよ。あれ、庶民出身元役人今は無職の人間がいただいていい部屋じゃないですから」

そういう気遣いは十二分にしてくれる国だったりするが、そもそも人を連れ去ってくるのはどうかと思うという件に関しては、凌王も千秋も、なんとも思っていないように思われる。感覚が大きくくずれている国だ。

「それは、大変けっこうなことです。こっちは、休む間もなく常春を目指す強行軍でしたけどね」

お茶を運んできた秋徳《しゅうとく》が頬を引きつらせていた。

「……秋徳さん。お……お茶、美味しいです。身体に染み渡ります」

どう答えるか迷うも、最初に口をついて出たのは、秋徳のお茶が飲めたことへの素直な感想だった。隣の席で翔央が、ブフッと吹き出した。

「翔央様。強行軍を強いたのは、貴方様なのですが？」

紅玉の言葉に、同じく室内で控えていた魏嗣《ぎし》が頷く。無言で姿勢を正した翔央につられて、蓮珠も姿勢を正した。

「すみません。その……ご心配をおかけいたしました」

「ええ。本当に。……でも、まずは言わせてください。ご無事で何よりでした」

ため息交じりの声から一転、紅玉は蓮珠の手をとって、震える声で言う。

「紅玉さん。……一人で勝手に凌国行きを決めてしまいました。凌国に来たことは、私が成すべきことであり、後悔はありません。ですが、紅玉さんには報せるべきでした。翔央様にお声掛けすることは難しかったでしょうが……」

貴人女性には侍女が必要だ。それを利用することはできたはずだ。蓮珠は自身の身の回りのことは自分でできてしまうから、あの瞬間はそこまで考えられなかった。だが、榴花には必要だと、千秋に訴えることはできたかもしれない。

「そうですよ、蓮珠様。紅玉殿と魏嗣殿の両方を同行させるのが無理だとしても、せめて紅玉殿だけでも一緒であれば、我が主も今回ほど無謀な日程で常春を目指すことはなかったでしょうから。……ですが、蓮珠様も咄嗟《とっさ》にたくさんの選択を強いられただろうことは想像がつきます。それでも、常春に入ってからも今日までご無事でいらしたことは、貴女様の言動が正しく、誠実であったからだと思います。そのことが、我々の早期入都につながりました。衛兵たちの貴女様への心証がすこぶる良かったからですよ。……お疲れ様でした」

秋徳の労いに、翔央の言葉に感じたのとは異なる安堵が蓮珠の中に広がる。再会の喜びとは違う。この真珠宮で過ごし、待ち続ける中でしてきた選択が正しいものだったと言ってもらえた喜びによる安堵だった。

とどめの一撃に、翔央が秋徳に賛同する。

「秋徳の言うとおりだな。急ぎ常春を目指したことで、到着時は身なりもかなりひどいことになっていた。それでも、衛兵の対応は迅速でありながら丁寧なものだった。嫌悪の欠片も見せなかった。まあ、我々の到着は、淩王も予測済みだっただろうから、衛兵に到着時の扱いについて命じてあったのかもしれないが……。だが、それを抜いても、青峰城への案内をしてくれた衛兵も青峰城内での案内役の官吏もこちらに好意的だった。蓮珠。よくやってくれた。ありがとう」

翔央たちが到着するまでに、少しでも凌国内での相国が優位であるように振る舞ったつもりだ。それは、ちゃんと功を奏したようだ。

緊張からの解放に喉の渇きを覚えて、再び茶器を持った蓮珠だったが、危うく落とすようなことを翔央が言い出した。

「……それで、城に案内してくれた衛兵から聞いたのだが、陶蓮は凌王が召したこの国の後継者を指名する権限を持った大陸の重鎮の家の者らしいな」

話が凌王に聞いた時より大きくなっている。

「何枚目の尾ひれ……。どこをどうしたら、そんな話になってしまったんでしょうね？」

蓮珠が頭を抱えると、翔央が『そちらは、おいおい対処しよう』と言ってくれた。対処するつもりがあることが嬉しい。蓮珠は両手を膝の上に置くと、顔を上げ、背筋を正した。

「よし。……では、急ぎ考えねばならないことから片付けていこう。李洸、龍貢殿の件、どう思う？」

翔央の問いかけに、李洸がすぐさま応じた。

「こちらでも状況を確認したほうがよろしいかと思われます」

張折が賛同を示す。

「俺も李丞相に賛成だ。凌国に頼んでいるのは禅譲の証人だ。……だが、二国間の調整をすることは凌国の発言権を増すことにもなる」

「ですが、凌国が本気で版図拡大を狙っているということはないでしょう。……凌は大陸一恵まれた土地です。わざわざ貧しい土地を手に入れる必要がないと言いますか、利がないと言いますか」

李洸の言葉を受けて、蓮珠は凌王から聞いた話をすることにした。

「凌国にとって、より大きな問題は、その恵まれた土地を目指して難民が押し寄せること、だそうです」

翔央が李洸と張折とに視線をやる。

「そちらは、凌王陛下から直接？」

李洸の確認に頷き、蓮珠は華国の後継者問題の件も口にした。

「はい。難民問題を避けたいから華国の後継者問題を解決したいのだとおっしゃっていました」

翔央が口元に手をやる。これは自身の中で考えごとをしているときの彼の癖だった。

「……恵まれた土地には恵まれた土地なりの悩みがあるということだな」

相国は国土の四分の三を高地・山岳地帯が占めている。農業用地として恵まれているのは、国の北西にある楚秋《そしゅう》一帯のみ。それだって、三代皇帝が運河や用水路を張り巡らせてようやく機能するようになった作られた穀倉地帯だ。山が多い分、鉱山からの採掘物や山から切り出した木材を加工し、それらを貿易費としている貿易が生命線の相国では、最低限商売をする資金がなければ、結局生き抜けない。華国の難民が凌国を目指す裏には、そうした事情もある。

「凌王のそれは本心でしょう。今上の凌王は即位して間もない。国内問題に集中したいのに、隣国が落ち着かない上に、そのさらに向こう側の国も、問題が未処理。さらに、その処理を請け負ったはずの大陸中央も自領の問題ですぐに動けないとなれば……相の後継者問題にも策を講じてくる可能性があります」

李洸は新たな情報を元に、凌国の今後を計算しながら、そう懸念を口にした。そして、顔を上げると、翔央に国主としての決断を促す。

「そのためにも大陸中央の正確な状況を知っておく必要があります。人を送りましょう」

了承の頷きを返した翔央の横、張折がため息をつく。

「あと、我々の立場の把握も必要でしょう。……大遅刻の件で周囲の目が厳しいとなれば、動きづらいことになるのでは？」

　青峰城の謁見の間で翔央自らの謝罪を目にした凌国の官吏は多くない。謁見の間に同席できる官吏なんて、官吏の全体数から行けば、ほんの一握りだろう。相国一団が厳しい目に晒されるのは避けられまい。

「それは我々が自身の身を以《もっ》て確認するよりあるまい。調べさせることではない」

　翔央が苦笑して、張折に不承知を示すと、視線をそのまま上にやった。

「……白豹《はくひょう》、龍貢殿の元に行けるか？」

「威国の時とは異なり、国を隔てて主上のお近くを離れることになります」

　白豹は、相国皇帝に代々同じ名前で仕えている密偵だ。その重要な役割のひとつに、皇帝の周辺警護がある。だが、国を離れれば、どれほど有能な密偵である白豹でも、有事に駆けつけることはできない。

「叡明であればともかく、俺であればそこは問題ないだろう。……むしろ、こういう時に離れても行動できるほうが、おまえの使い方として正しいのではないかと思うぞ」

　歴史学者の肩書を持っていた先帝の叡明は警護の必要性があった。だが、翔央は元武官にして、現役の武人としてもかなり強い部類に入る。

「……主上の仰せのままに」

「頼む。……そうだ、白豹。もう一つ頼まれてくれないか？　こちらの現状を威国に報せてほしい。特に榴花殿と蓮珠のことを黒公主《こくこうしゅ》と朱景に伝えてくれ。少なくとも冷遇はされていない。大軍率いてくる必要はない。そのあたりは強調しておいてくれ」

言われてゾッとする。威国内で自分は千秋に連れ去られた。そのことを、あの黒公主が耳にしていないわけがない。

「白豹さん。『陶蓮は無事です。事が落ち着いたら必ず威国に顔を出しますから、どうか国内で待っていてください』とお伝えいただけますか」

蓮珠は天井のどこかに居る白豹に向けて懇願した。

「畏《かしこ》まりました」

白豹の返答に、翔央が小さく「必死だな」と笑う。必死にもなる。黒公主が動けば、開戦である。

「……白豹は行ったようだな。では、こちらはこちらで今後の方針を決めよう」

椅子から背を離すと、翔央は少し前屈みになって、声を潜めた。

「まずは、我々の立場の確認ですな」

張折もまた翔央に合わせて、小声で応じた。

「それ以外になにかありますか？　龍貢様がいらっしゃるまで待機なのでは？」

蓮珠の疑問に、翔央が瞑目して考える。

「……いや。それだと、ただの軟禁生活になるだろうな。なにかしらの役割を持って、凌国内で動いたほうがいい気がするんだが……。どうだ、李洸？」

李洸に問いかけ、翔央が目を開く。今度は、李洸がわずかに瞑目して思考を巡らす。

「ええ、そうですね。主上のおっしゃるとおりです。威国でも仕事をいただいたことで、王城内を動き、いくらか内情を探ることができました」

張折は目を閉じることなく眉をわずかに寄せる。それを横目に確認してから、翔央がため息をついた。

「ただ、あれは特例だろ。なにせ、蓮珠が威首長からも黒公主からも信頼を得ていたからな。凌国ではそうもいかない。さて、どこから相手の懐に潜り込むか……」

翔央が言うと、張折がニカっと笑う。

「いや、主上。陶蓮は『後継者指名の権限』を持っていることになっていますよ。威国より上の扱いですよ、これは使えるかもしれません」

とんでもないことを言い出す。

「使わせないでください。その噂、声を大にして否定したいので！」

元上司を睨んだ蓮珠に、翔央が大きな手で視線を遮る。

「しかし、そもそも、なぜそんな噂が流れることになった？　凌国は威国以上に、政情が安定していると思っていたのだが、なにか問題があるのか？」

なぜそんな噂を流されたのか。噂の出所はどこなのか。蓮珠もはっきりとはわかっていない。

「前者は、凌王陛下からお聞きしただけなので詳細不明です。なにせ、真珠宮から出られない身でしたので。ただ、後者については、華国の件とは別途、お話をお聞きしました」

蓮珠は、凌王の諸事情を聞いた順に沿って話した。そこにも凌王の意図があるかもしれないことの判断を李洸、張折に委ねることにした。

「……そりゃあ、凌王陛下も大変だ」

張折がやや呆れた顔で凌王の心情に理解を示した。

「問題はそれだけじゃないんですよ。……凌国は、華国の後継者問題を解決するために榴花殿を新王に立てようとしている話はしましたよね？　その件で、わたしを榴花殿の説得に使おうとなさっておられるのです」

蓮珠は凌王と、碁を通じて押し合いをしている状況にある。凌王は蓮珠に説得を促し、蓮珠は榴花が王には向かないことを示して、手を引かせようとしている。

「そうかそうか。あの場でその話をしないために、俺たちは派手に責められたわけか」

張折が腕組みしてそんなことを言うので、蓮珠は即座に否定した。

「いえ、張折様。遅刻は素直に反省しましょう」

そこは、本当に反省を示さねば、凌国全体を敵に回す。技術大国を動かしているのは、技術者官僚たちである。美しく組み上げた計画が、計算通りにいかないことを許せない想いは強いだろう。

「そうだな、そこは反省しよう。……だが、それと蓮珠の件は別だ」

翔央の声が鋭くなる。李洸が主の考えを代弁する。

「ええ。凌国と華国の後継者問題。それに我々がかかわるべきではないでしょう。権限を利用するという考えは今すぐ捨てて、すぐにでも噂を消すために動くべきです」

先ほどまで腕組みしていた張折は、額に手をやり、大きなため息をついた。

「だよなぁ。……陶蓮は相変わらず面倒ごとを引き寄せるぜ」

心外すぎる。先ほどよりも強く抗議の声で返す。

「あっちから勝手に寄ってくるんです！」

だが、その場の誰も蓮珠に賛同を示すことなく、翔央に至っては話題を変えた。

「しかし、つまり……なんだ。せっかく良縁と思って翠玉を嫁がせたのに、王太子の地位は盤石ではないということか。叡明も詰めが甘いんじゃないか？」

真永の心の内まではわからないが、翠玉は彼が王太子であるかどうかとは関係なしに、真永とともにあることを決めたと思う。だから、これは叡明が翠玉に遺してくれた良縁だと信じている。ただ、それは蓮珠の中に今も在る『翠玉の姉』の部分が抱く思いであって、なんの献策にもならない自覚はある。

言葉を飲み込む蓮珠だったが、李洸が翔央にやんわりと反論してくれた。

「ですが、白瑶長公主《はくようちょうこうしゅ》様は、凌の王太子様と良好なご関係を築いていらっしゃるとお見受けいたしました。相国としてもお二人を通じ、凌国との良好な関係を築くことが好ましいでしょう。国境を接する威国、大陸中央の龍貢陣営との関係は悪くないです。華国は正直誰が玉座に就いたとしても相国との関係を悪化させることはしないでしょう。我が国との貿易は華国の立て直しに必要ですから」

李洸は大陸全体の現状を考えているようだ。

「華国の民は凌国頼りのようだが?」

皮肉を口にした翔央に、李洸は淡々と答えた。

「難民にとって白龍河《はくりゅうが》と黒龍河では、同じ大河でも川幅や流れの速さから言って後者のほうがはるかに越えやすいのです。白龍河を渡るのにはどうやっても船が必要です。ですが、黒龍河は時間を選べば、大人の男が浅瀬を歩いて渡ることも可能だと聞いています。

もちろん肩ぐらいまで水に浸かるそうですが」

凌国に入ってからも陸路で来ただろう翔央は、白龍河を目にすることはなかったようだ。

「子どもは肩車か、大人につかまって浮けばいい感じだな」

感心するような口調に、張折が渋い顔をした。

「下層の民は船を用意できないからそうなる。いずれはある程度金を持っている民も船を使って国外脱出を試みるだろう。だいたい、うちの国は、商業国家だ。着の身着のままでたどり着いても生きていけない。船持ちでもなきゃ、相国を目指そうと思わないさ。だから、船が使われるようになった辺りからは、相にも難民が押し寄せるようになる可能性は高い」

蓮珠は自身の見通しの甘さに気づかされた。いまはまだ船を用意できる者たちが華国に留まっているだけなのだ。先々、凌国を悩ませる華国の問題は、相国の問題にもなる。

「国の規模での対策が必要だな。龍貢殿に国を譲るにしてもすぐに地方機関までは手が回らないだろう。……早く李洸と張折を相国に帰さねばならないな」

李洸と張折が視線を交わし、互いの思考の内容を問い合っている。

先に結論を口にしたのは、李洸だった。

「主上。正直に申しまして、龍貢殿がお戻りになるのを凌国でただ待っているというのは、相国にとって得策ではありません。一旦、戻りましょう。先帝が禅譲を交渉した時とは状況がだいぶ変わっておりますので」

それは、聞きようによっては『龍貢への禅譲』は、相国の取るべき道ではないと言っているようだった。意外にも、翔央もこの意見に賛同を示す。

「李洸の言うとおりだろう。……凌国の後継者問題も他人事ではないが、我々にとって優先すべきは相国だ」

翔央が蓮珠のほうを見た。

「たしかに他人事ではないですよね。翠玉の未来が掛かっているのですから」

蓮珠は飲み込んでいた言葉を口にした。

この場には、李洸も張折もいる。皇帝への献策は彼らの領分であって、蓮珠の領分ではないことを悟った。そうなれば、蓮珠が問われた時に返すのは、個人的な願いである。政が民の感情から遠ざかることがないように。

「それに、凌国には飛燕宮様もおられます。まとめて放り出されでもしたら……」

そこまで口にして、蓮珠は呆然《ぼうぜん》とした。翔央たちの背後、柱の陰に誰かが立っていた。

「そうならないために、ご協力いただけたらありがたいと思っているよ」

蓮珠が気づいたことで、柱の陰から姿を現したのは、技官服の凌王だった。その声に、弾かれたように翔央と張折が椅子を立った。

「凌王陛下、いったいいつから……」

思わず翔央と張折のほうを見る。二人が悔しそうに表情を歪めた。

「武人ではなく、技術者という話だったが……気配をうまく消すものだ」

翔央ほどの武人でも凌王が近づく気配に気づかなかったのだ。

「本当に武人ではないよ。真永が守ってくれるから、私が武人である必要はないからね。ただ、自衛のためにいくつか身に付けたものはある。その一つが、徹底的に気配を殺すこと。でなければ、兄の存命中に暗殺されていただろうからね」

真永だけが特筆してすごい武人というわけではないのかもしれない。これで技術大国とは、とんでもない国だ。

「……それで凌王自ら客人の宮までいらして、我々に何をさせようとしている？」

翔央が切り込んだ。この場で翔央だけが凌王に許可なく発言できる唯一の人物だ。なにせ、相手は国主。こちらも同等の地位にある人物でなければ、交渉の場に立つことさえできない。

「相の先帝とは文章のやり取りしかしてないが、人となりはわかっている。それでいくと、新皇帝はずいぶんと印象が異なるな。双子と言っても、中身は別ということか。……まあ、回りくどく曖昧でないことは、技術者である私にとって好ましい。お互い、腹を割って話せる」

凌王が、こちらに歩み寄る。

「私は真永を後継者にすると決めている。この考えを譲る気はない。だが、地方領主の発言権が強いこの国では、王の言葉だけでは王太子の地位を維持できない」

翔央の前に立つと、真永ほどは高くない背で、翔央の顔を見上げる。

「そこで、真永に次期国王に相応《ふさわ》しい政の知識を教えてほしい。大陸史上まれに見る高度な官僚主義国家を百五十年に亘《わた》って存続させてきた相国は、政が最も体系的に整備され、かつそれを誰もが習得できる形に知識として落とし込まれているのだろう？」

それは『させようとしている』ではなく、『させる』と決めている言葉だった。

その狙いは正しく翔央に伝わっている。決定事項に返す言葉もなく、翔央は凌王の顔を見返す。だが、通じていることに満足したのか、凌王は笑みを浮かべると、急に蓮珠のほうを見た。

「元官吏の陶蓮珠。そなたにも期待しているぞ」

他国の国主からの指名である。呆然が止まらない。

凌王は、そんな蓮珠を見て、笑みを深くした。

「では、改めて。相国からの客人よ。我が国でゆっくりと過ごされるがいい」

凌王は言うことだけ言って、その場を去って行った。

「……結局、巻き込まれたんですけど」

凌王が見えなくなってなお警戒して、蓮珠は小声で反発を示す。だが、翔央は同意を返してはくれなかった。

「いや、これは蓮珠が引き寄せた厄介ごとに、俺たちも巻き込まれたというほうが、正しいんじゃないか……？」

自分は引き寄せてないし、巻き込んでもいない。蓮珠は抗議の視線で、自国の皇帝を睨み上げた。

第三章

緯武経文〔いぶけいぶん〕

相国からの訪問者は、常春到着の翌日には、王太子宮で家庭教師に雇用されていた。

「我が兄がご迷惑をお掛けし、申し訳ない」

生徒となった真永の第一声は、謝罪だった。

「淩王となられる御方に政の道を説くなど恐れ多いことです。……とはいえ、我が国にも政を学んでいただかねばならない方がおりますので、お気になさらず」

李洸が糸目をこの上なく弓なりに細くして応じる。

「俺も生徒って、どうなっているんだ？」

生徒その二である翔央が李洸を睨む。

「いま申しましたとおりですよ、主上。この機に学んでいただきます。……より正確には、学んだ実績を作っていただきます」

李洸が言えば、腕組みした張折が無言で幾度も頷く。

「どう違う？　……そもそも俺になにを叩《たた》きこんだところで、叡明のようにはならないぞ」

蓮珠ばかりか、李洸と張折まで表情をこわばらせていた。

そんなことは望んでいない。翔央が叡明になればいいなんて思っていない。

あるとすれば、それは翔央自身が抱える思いだ。

「なにを今更おっしゃいますか……」

李洸が沈黙を終わらせる。

「玉座にお座りでしたよね？」

問いかける声は鋭い。

「たんなる叡明の身代わりだぞ」

皇帝の身代わりというのは『たんなる』を付けて語られるようなものではないと思うのだが。

「いやいや。玉座にただ飾られておられなかったでしょうが。ご自身の言葉で派閥の長とやり合っていらしたじゃないですか」

張折が朝堂に並んだ臣下の一人として、翔央の言を訂正する。

「執務室でも普通に皇帝としての仕事をされていらしたと記憶しておりますが？」

誰よりも長く身代わり皇帝の近くにいた李洸もまた翔央の認識を修正する。

「ただの書類整理だろう？　決裁済みの書類を戻す部署ごとにわけていただけだ」

「……それ、書類の内容と各部署の職掌が頭に入ってないとできませんからね」

思わず蓮珠は口を出した。

「いや、でも……」

翔央が反論を続けようとしたところで、李洸が首を横に振った。

「先帝陛下とご自身を御比べになるのは、そろそろおやめになったほうがいいですよ」

張折が賛同というより、自身の呆れをそのまま口にする。

「そもそも、政の話で叡明様と自分を比べるとか、誰もやりゃしませんよ。俺でさえしませんて。アレは論外の存在なんで」

先帝を『アレ』ですか。ただ、言いたいことはわかるし、蓮珠も李洸と張折に賛同だ。

「それは師匠という立場の問題じゃないのか？」

抵抗を試みる翔央だったが、李洸に反論封じの言葉を言われる。

「立場の違いじゃありませんよ、主上。……これは覚悟の違いです」

李洸が翔央をまっすぐに見据えている。その視線の強さに耐えかねたのか、翔央が俯き、表情を曇らせた。

「どうあれ、ここで俺が役立つわけではない。……部屋を出る」

言うだけ言って、翔央が部屋を出ていった。

「主上！」

幼い日、長く冷遇された翔央は、根本的に自己評価が低い。そのことが、彼を臣下の意見に耳を傾ける皇帝にしているという点では、悪いことではないと思うのだが。

「丞相、やめとけ。……それこそ、まだ覚悟ができてないいんだよ、あの馬鹿弟子にゃ」

張折が軽く言うと、本来の目的である王太子の家庭教師として動くために、真永の執務机に歩み寄る。

「張折様。あの御方は主上です。不敬ですよ！」

蓮珠が咎めると、張折が鼻先で笑った。

「いいんだよ、これで。……官僚主義のうちの国じゃ、官僚が皇帝を評価する。暗君と思えば、お飾りとして玉座に座らせておく。賢君と思えば、これを玉座に仰ぎ、諸々の懸案を持ち込み、仕事をさせる。時間が短かろうと長かろうと、玉座に就いた者として振る舞わなきゃならねえなら、後者になってもらわねばなるまい。特に外交の場ではそうなる。龍貢側はもちろん、凌国にだって足元を見られるわけにいかねえ。……そうあるために足りてないのは、覚悟だけだ。李丞相もそう思っているんじゃないか？」

意見を求められた李洸だったが、翔央が出ていったほうをみつめる。

「……回答は差し控えます。私はあの方の政の傍らに最初からいた身です。皆さんとはまた違う視点がどうにも絡みます」

李洸の言いたいことがわからなくもない。李洸の中で、翔央はすでに正式な相国皇帝なのだ。どれほど本人が受け入れずとも、李洸は、長く翔央を主として仕えている。

叡明不在を受けて、翔央と李洸は二人で相談して身代わり皇帝を立てた。悪意はなかった。純粋に相国の政のためにしたことだ、というのは二人を知る側だから言えること。外から見れば、二人は偽帝を立てて、一定期間、政を主導した。大逆である。当時、叡明の双子の弟は、皇族に在って武官の道を選んだ変わり者という評価だけがあった。その翔央を信頼し、李洸は身代わり皇帝を提案したのだ。そして、翔央も李洸の提案を信じて、受け入れた。二人は危険を承知で、周囲を騙しきる決意をした。

李洸は叡明を皇帝として敬っていた。それでも、李洸が己の主として定め、仕えていたのは、翔央だったという話だ。

張折も李洸も、長くそれぞれの立場から翔央を見てきた。その二人に比べれば短いが、蓮珠だって、この約一年、かなり近い場所で翔央を見てきた。

翔央は繰り返し、自身を叡明の身代わりでしかないと発言してきた。皇帝になることは考えておらず、むしろ周囲がそういう目で見ることを避けるために、望んでなった武官の道で技量を隠し、政とは距離を置いていた。

「……ああ。そういうことですか。あの方は、政を理解しているからこそ、政から距離を置いたんですね。真永殿と同じだった」

わかっていたから、真永を見ていられないのだ。自身も向き合わねばならないから。

「そう考えると、たしかに覚悟が足りていないのかもしれませんね」

決断の時は、すでに翔央の足に絡みついた。彼は否応なしに帝位に就いてしまった。その事実からは逃れようがない。翔央が覚悟できない要因は、自身と叡明と比べて劣っていると感じていることだけが理由なのだろうか。そこに、本人も見えていない要因があるのではないだろうか。

翔央は自身のこれからと、よくよく向き合ったほうがいいのではないだろうか。いま、ここで自身の中にある感情と向き合わねば、皇帝になるならない以前に、彼が潰れてしまうのではないか。

「わたし、ちょっと翔央様と話してきます」

「おう。そうしろそうしろ。陶蓮は陶蓮の立場からしか言えないことがあるだろう。俺らのことは気にせず言ってこい。どうせ人ってのは、自分の主観でしか物を語れない。だから、お前さんはお前さんの見えている範囲でいいからたくさん考えろ。そんでもって、考え抜いた言葉を捻《ひね》ったりせずに真っ直ぐ伝えればいい」

自分にしか言えない言葉がある。それが、少しでも翔央を支えるのであれば……。

「はい。……王太子様、席を外しますこと、お許しください」

「ええ。……義兄上《あにうえ》をよろしくお願いしますね」

最後は真永の笑みに背中を押されて、蓮珠は王太子執務室を出た。

一方、王太子宮の真永の執務室を出た翔央は、宮を出るべく廊下を歩いていた。

「……まったく何を言ってんだか」

叡明は誰から見ても賢君だった。威国との本格終戦は先帝の偉業としても、その跡をすぐに継いで、国内の立て直しを進めた。先々帝時代から裏でうま味を味わっていた官吏には恨まれたかもしれないが、不遇にあった官吏たちは能力を見定めて登用する叡明を歓迎していた。わずか三年ほどの治世であったが、都・栄秋に近い部分から、戦禍の傷は回復しつつあった。あと数年あれば、戦争の爪痕《つめあと》がより多く残る北部も本格的な復興作業に入れたはずだったのだ。

国土の北西にある楚秋に遷都を決めた裏には、復興が遅れている北部に政の拠点を動かすことで復興を促す狙いもあったのだろう。

どんな決定にも、複数の意味と狙いがある。それが叡明の政だった。それは正しい政であり、のちの玉座に就く者が引き継ぐべきものだ。

「覚悟したところで、どうにかできるって話じゃないだろう……」

知識が違う。歴史上を含め政と向き合った年数が違う。覚悟ひとつで埋められるような差ではない。

それ以前に、自分を皇帝に据えてどうする？　傀儡《かいらい》狙いの者たちならばともかく、李洸も張折も、どうして……。

翔央は二人の献策を信頼している。多くの官吏を抱える相国でも二人は絶対的な味方だと信じてもいる。叡明がいなくなった今、李洸は相国最高の頭脳になったと思っている。その李洸が、自分を皇帝にしようとしている。身代わりじゃない、禅譲までの一時的なものでもない。

「あれは、禅譲をなしにして、俺を皇帝に据えるつもりでいる」

李洸も張折もはっきりとは言わない。だが、言葉の端々に、禅譲の破棄を考えているのがわかる。

「禅譲は……叡明の遺した策だ。だから『絶対に正しい』。俺にも、李洸たちにも見えていないいくつもの狙いがあって、その中で選択された最善手のはずなんだ」

叡明が選択を間違えるわけがない。叡明は俺を皇帝にするのではなく、龍貢に禅譲する道を選んだ。選ばれたのは、俺ではなく、龍貢。ならば、それがすべてじゃないか。

「王太子妃様、こちらもお願いします！」

その声が翔央の思考を途切れさせる。

「……翠玉？」

廊下の先、翠玉が人に囲まれていた。翔央自身もだが、大陸南部の華国の血が入っている翠玉も背は高い。蓮珠だったら人に囲まれていると埋もれて見えないが、翠玉は辛うじて頭が見えた。

「なにをしている？」

凌国の者に、翠玉はその出自ゆえに良く思われていないと聞いた。王太子が離れている機を狙い、囲んだか。

そう思って駆け寄る翔央に、気づいた翠玉が笑みを浮かべて挨拶してきた。

「白鷺宮様……じゃなかった、主上……は、今は国が違うから……」

相変わらず、緊迫感からは半歩引いた感覚だ。以前から感じていたことだが、翠玉の胆力は並大抵ではない。なにがあってもなくても、これほど人に周りを囲まれても、この動じなさは、称賛に値する。

「……翔央でいい。なにがあった？」

翔央の感覚では、翠玉はいまだに『蓮珠の妹』という感覚が強い。臣民だとか、自身の妹という意味とは違ったところで、なにかあれば、自分が守らねばという範疇《はんちゅう》に翠玉はいるのだ。

「はい、翔央様。……えっと、図面の説明をしておりました」

翠玉が手にしている紙を広げた。

「図面……？」

大判の紙に、水汲み機のようなものが描かれていた。

翔央は武官であり、攻城兵器などの使い方を憶えるために図面を見たことはあるが、それは大雑把《おおざっぱ》な描き方だったため、これほど細かい図面を見たことがない。

「こちらは、相国の先帝陛下が、凌王陛下に贈られたものにございます。……ただ、一部に先帝陛下の字で書かれた部分がございまして」

そんなものを贈っていたのか。叡明は歴史書を読み込んで、そこに書かれた道具を図面に起こし、職人に再現させるということを趣味のひとつにしていたところがある。たぶん、そういう図面なのだろう。技術者でもある凌王は、きっと大喜びだったに違いない。叡明は、相手の喜ぶものをよくわかっている。それらの図面は同盟交渉に、大いに役立ったのではないだろうか。

「……ああ。そうか。叡明の字じゃ読めないから、声を掛けたれていたのか。しかし、囲まれ過ぎだろう。もし、枚数が多いようなら手伝うぞ」

翔央が言えば、囲んでいた技官（服装から判断した）たちが騒ぎ出す。

「お読みになれるのですか?」

その目の輝き具合。翠玉が嫌な思いをしていたわけではなさそうだ。

「叡明の字であれば。ただ、図面となると専門用語も多いだろう。字がわかっても読めない場合がある。誰か、筆と紙を用意してくれないだろうか」

凌の技官たちが、固まる。

「……どうされた?」

何かマズかったか。そういえば、凌国は紙が少なかった。小さな紙に書かれた文字を拡大する道具を使って伝書を読めるようにしてまで紙を節約するような国だ。相国での感覚で、紙を要求するなど有り得ないことだったのかもしれない。

「……申し訳ない」

「いや、王太子妃様は……ごく普通にお答えだったので……、相国の方々は皆様技術書を読み込んでおられるのかと。紙が多い国とはお聞きしていたので」

相国の紙の生産量は大陸全体を見まわしても、飛びぬけて多い。技術書以外の、かなり広い分野の書籍が出ている。それ故に、誰もが技術書を選ぶということはなく、目を通しているのは逆に専門の者だけだ。

「それは、図面の説明で読める部分を代筆しているの、私ですから」

どう答えるべきか悩んでいる翔央の横に立ち、翠玉が軽やかに言った。

「図面の説明を書くにあたって、先帝陛下から色々と教えていただいたんです」

翔央の技術に疎いところを、いい助け舟を出してくれた。さらに、翔央を見てくる視線を、自分のほうへと誘導してくる。その姿に成長を感じるなどと言ったら、蓮珠に怒られるだろうか。翔央は、ごく幼い頃に見た母の面影を宿す横顔を見つめ、そんなことを考えていた。

「……そういえば、さっきの滑車なのですが……」

翠玉が図面の滑車部分を指さす。

「この部分を、大きなひとつの歯車で回すより、中小ふたつの歯車を少し手前に挟んだほうが、各歯車にかかる負荷が減るので耐久性が上がるんじゃないかと」

技官たちの目が、図面に釘付けになる。

「同時に軸増やして支えを頑強にする効果も期待できるのではないかと思ったんですが、どうでしょうか？」

翠玉が図面を技官たちに差し出した。

「……あとは、皆様にお任せいたしますね」

口々に礼を言って、技官たちがこの場を離れていく。とりあえず、翔央が読まなくてもいいようだ。

「翔央様にお会いできてちょうどよかったです。実は、図面の間に手紙が挟まれているのを見つけまして。どう処理するかご相談しようと思っていたのですが……」

「こちら向かう途中で囲まれたわけか」

「はい。それで、図面を贈ってから叡明様が、あそこはああすればよかったとおっしゃっていたのを思い出しまして。皆さんに言っただけなんです」

手紙の存在を隠して、技官たちを撒《ま》くために、それを使ったわけか。どうやら、本当に蓮珠の妹ではなく、俺たちの妹のようだな、叡明。考え方が叡明に激似だ。狙いがあって、手持ちの駒から、最善手を仕掛けたんだから。

少しばかり、恐ろしさを感じながら、問題の手紙を見せてもらう。

「凌王陛下への手紙だな。この感じは、中身も叡明の字だろう。……あいつ、書こうと思えば、人に読める字も書けるのに」

半ば呆れて言えば、翠玉は逆に楽しそうに笑う。

「高度な暗号化ですよね。ご自身がいらっしゃるご予定だったからでしょうか」

「いや、おそらく凌国には翠玉が居る、と思ったからだろう」

翔央は、凌王陛下宛てであることを示す文字列の少し下を指さした。

「ここに『翠玉、あとは任せた』とある」

叡明の定番一文だった。これをやられると、託された者は頷くよりない。

あとは任せたと書かれたあたりを見つめ、翠玉が頷く。

「そうですか。では、こちらは凌王陛下にそのままお渡しすることにいたします」

手紙を渡すかどうかも判断の内だったようだ。本当に、いつのまにか翠玉は政の考え方をするようになった。それも、叡明の代筆時代に身に付けたものなのだろうか。あるいは、王太子妃という立場が彼女の意識を変えたのか。

「それでは、凌王陛下にお目通りをお願いしてまいりますので、御前を失礼いたします」

いまの翠玉は、自身が凌の者であることを軸にして判断を下しているように見える。王太子妃であることの自覚があり、その立場で物を考え、自身に許された領分に従った言動を選んでいる。王太子の執務室は目の前なのに、踵《きびす》を返して、凌王に一通の手紙を届けようとしている。今の翠玉にとって、最優先は凌国城内での序列に従った振舞いなのだ。

わずか二カ月程度であっても、人はこれほどまでに変わることができるのか。

委ねてはならない。翠玉はすでに凌の者で、凌の国益のために動く。相の先帝の手紙を相の国益で考えて、確保の是非を考えるのはこの場で自分しかいない。

「……翠玉、やはり、国主の手紙だ。その手紙は一度俺が預かり、俺から……」

政の考えによる判断を入れたほうがいい気がした。一旦、手紙を預かり、李洸や張折の意見を仰いだほうがいい。

「いや。その必要はない。私は、ここに居る。いま、ここで受け取ろう」

また、近づく気配を感じなかった。それでいて、声を掛けてきてからは国主の存在感をまき散らしている。そのせいで、この場を離れたはずの技官たちが、王の存在に気づいて、廊下を戻ってくる。気配を殺すのも存在感をまき散らすのも、凌王本人の意のまま。これがどれだけ脅威か、技術者集団の彼の臣下たちにはわかっていないようだ。

「陛下。どうなさいました？」

「なに。相国の方々にお願い事をしたのでね、その様子を見に来たんだ」

落ち着いた声、貼りつけたわけではないように見える笑顔。

翔央の中の、武人としての勘が強く訴えてくる。この男に油断してはならないと。

そういう時に限って、一番油断してほしくない人物が来る。

「翔央様！　す……王太子妃様も？　いかがいたしましたか？」

蓮珠が王太子執務室から自分を追いかけてきたようだ。この緊迫した場に入ってくるとは、やはり厄介ごとに自ら突っ込んできたとしか思えない。

「警戒することはない、陶蓮珠。貴国の先帝から、私に宛てた手紙が見つかったようだ。

それも先帝直筆で、な。これは読んでもらうよりないだろう」

凌王が蓮珠にその手紙を差し出す。

蓮珠が手紙を凝視する。そして、さらなる厄介ごとを引き込む言葉を口にした。

「直筆ですか。それは確かに翠玉か主上でなければ読めませんね。……ですが、この手紙、凌王陛下に向けて書かれた手紙ではありませんよ」

翔央は知っている。蓮珠は、文字から書き手の感情を読み取ることができる。特殊な能力というのではなく筆跡の細かな違和感から読み取っているらしい。翔央からすれば、十分に特殊能力だが。

「陶蓮珠。なぜ、そう思う？　そなたも読めるのか？」

マズいな。蓮珠は叡明の文字が読めるわけではない。文字から感情が読み取れるから、では、手紙を一旦こちらに預かる話には持っていけない。どうすればいいか。そう考える翔央にとって、蓮珠の答えは、ある種彼女らしいものだった。

「形式ですね。先帝陛下の手紙の形式は、執務室に入れていただいておりました身として覚えております。その記憶でいけば、先帝陛下の手紙では表に書かれているのはすべて宛先を示しているはずです。……そこから考えるに、凌国に送った手紙が破棄されることなく確実に本来の宛先に届くために、まず凌王陛下の手元に行くようにしたのでしょう。これを受け取った凌王陛下は必ず、自身の代筆者であった王太子妃様に読み方をお尋ねになる。受け取った王太子妃様は『あとは任せた』の前にある本来の受け取り相手に手紙をお渡しになる……まで、計算なさって書かれたのでしょうね」

相国の官吏は文官が圧倒的に多い。文官の多さは書類の多さでもある。それゆえに、官吏は文書の形式にこだわる。公文書は高度に形式化されているので、形式上の確認項目はどの官吏の頭の中にも入っている。形式に応じて書かれていない書類をすばやく確認する目も持っている。

蓮珠は、長く下級官吏として窓口業務的なことをしていた。庶民が国に提出する文書の確認もしてきた。様々な文書の形式を記憶し、その違和感を探してしまう癖がついている。

「ですから、凌王陛下。その手紙はまず王太子妃様に。……小官では、実際の宛先までは読むことができませんから」

蓮珠が凌王に、手紙を翠玉に渡すよう促した。陶蓮珠は、嘘《うそ》がなく、誠実で有能な官吏だ。その点は、叡明も認めていた。陶蓮珠は官吏であってこそ、最も輝く。

いまも、そのまま凌国側に渡るはずだった手紙を、一旦こちらに戻すことができた。

蓮珠が有能な官吏であることは翔央だって知っている。同時にわかっている、蓮珠の官吏としての道を閉ざしたのは、ほかの誰でもなく自分が要因なのだということを。

翔央は俯きかけた顔を上げ、凌王の手から翠玉の手に戻された手紙だけを見つめた。

翠玉が、蓮珠の戻した手紙を読み取りはじめる。おそらく、翔央と同じく、あのみみずがのたくったような悪筆を一文字ごとに分けて、そこから文章を再構成しているのではないだろうか。蓮珠からしてみれば、これぞ特殊能力だ。

蓮珠が読めるというかわかるのは、例の『あとは任せた』部分だけ。その言葉は、叡明の文字と声で、この身に刻みこまれている。あの崖で、最期のその時も、叡明が遺した言葉はそれだったから。

でも、その言葉があったから、蓮珠も辛うじて立っていられた。生き抜かねばならないと思った。自分は託されたのだ、翔央のこと、明賢のことを。託された以上、それに応えて、どうにかして二人を安全確保できる場所に送り届けよう。そう思えた。

その瞬間が眼前に浮かぶ感覚に、俯きかけた顔を無理矢理上げて、蓮珠は胸を反らした。

「技官の方々からお聞きしました。王太子妃様が、先帝陛下の送られた図面の解読に貢献していらっしゃるそうですね。やはり、王太子妃様は有能です」

なんのことはない。妹自慢である。

「彼女を妃に選んだのは、真永だ。自分の目で見てきて、話を進めるか決めると言ってあった。よい妃を迎えただろう？　真永の人を見る目が確かだからな」

いつもと違い翔央の呆れ声ではなく、凌王の真永自慢が入ってきた。それもかなりの速さで。

「なにをおっしゃるやら、お二人が初対面その瞬間に居合わせたわたくしから言わせていただくなら、王太子妃様はその初対面の瞬間に王太子様の本質を見抜いていましたからね」

「なに、その瞬間に居合わせただと……。う、うらやましいなんて言わぬぞ！　だいたい一目惚れ《ひとめぼ》れより、時間をかけてお互いを知ってから距離を詰めるのが王道というものではないか？　それを実践できるのが真永のすごさだ」

凌王と睨み合いになったところで、そこまで黙っていた翔央が、額に手をやり呟いた。

「この二人……同類か……」

いつも以上に、言い方が厳しい気がする。

「兄上、もうそのあたりで……」

声がしたほうを見れば、真永が部屋から出てきていた。その顔が赤い。

その後ろには、いつも翔央がするような呆れ顔の李洸と爆笑している張折が居る。

これは、やらかしたかもしれない。そう思った時には、翠玉が爆発していた。

「もう！　お姉ちゃん。たくさん人が居るところで言い合う内容じゃないでしょ！」

「兄上も、ですよ！」

この二人、息ぴったりではないか。怒られているのに、微笑ましさに頬が緩む。

「だ、だいたい……一目惚れとか真永さんだけ観察態勢だったとか、そんなことないんだから。ちゃんとお互いに、相手を知る努力をしました！」

翠玉の愛らしい主張に、蓮珠は笑顔で頷いて見せた。

「そうですよ。兄上が言うような一方的なものではなく、翠玉様と私は……」

陶家の家人口調に戻っている真永が、翠玉の主張を肯定して、兄に訴えようとして言葉を止める。

「うんうん。『翠玉と私は』なんだ？　ぜひとも聞かせよ」

二人とも固まってしまった。姉と兄以外の視線が集中していることに気づいたようだ。

「……もう！　とめてよ、お姉ちゃん！」

「え？　わたしが悪いの、これ？　とっても大衆小説的で良かったと思うんだけど」

蓮珠としては、大衆小説愛読仲間でもある二人が、目の前で再現してくれたようで、ずっと眺めていたいくらいなのだが。

「兄上も図面眺めているときみたいにニヤニヤしないでください！」

「ん？　こっちにも来るのか。……なかなかない真永の照れ顔だ。そうした初々しさは、この時期だからこそ味わえるものだ。もっと堪能したかったのに。つまらんなぁ」

凌王は凌王で、弟の照れ顔を愛でるのに全力を注いでいたようだ。

結果として、蓮珠はこの国に来て二度目の反省の姿勢をとる羽目になった。それも今度は、凌王と並んで。

だが、周囲は別のざわめきが広がり、翠玉への視線が集まっていた。

「なんと、陶蓮殿が王太子妃様の養育をなさったか」

翠玉の『お姉ちゃん』発言が、思った以上に周囲に響き渡っていたようだ。

「ん？　なんだか、怪しい方向に話が……」

蓮珠が不穏な予感に視線を漂わせた時、並んで反省を示していた凌王が立ち上がった。

「……皆、ここであった出来事は忘れろ。勅命である。よいな？」

有り得ないほど、王の威圧を撒き散らしている。多方面に恥ずかしい話か反省姿勢か。あるいは、蓮珠と王太子妃の関係のことか。

「……ちょうどいい。真永と義妹殿、相国の方々と話をしてくるといい。……皆は図面の件で話を聞かせてほしい。よいだろうか？」

これは、たぶん、別途技官の方々に忘れることを強要するのだろう。

再びの王太子の執務室。第一声は翠玉だった。

「お姉ちゃん。これ、条件付きでお姉ちゃん宛だった」

真永、翠玉と相国からの者しかいない。それゆえの『お姉ちゃん』なのだろうが、危険ではないかと止めるまえに、言われたことの後半に意識が行った。

「条件付き？　わたし宛て？」

「うん。この手紙を私が受け取って、且つ私の目の前にお姉ちゃんがいる場合にだけ、この手紙を開封するように、という条件」

蓮珠は思わず翔央を見た。その条件がどういうことなのか、翔央も気づいている。相国を出る時、蓮珠は威国に向かうことまでが決まっていた。身代わり皇后としての最後の役目をそこで終えたあと、威に留まるか相に戻るか、はっきりと決まっていなかった。すでに元官吏、元女官の蓮珠が、凌国で王太子妃となった翠玉の目の前にいることは、なにかしらの緊急事態が発生し、本来の予定が大きく崩れてしまった時だけだ。

「……久し振りに叡明様の怖さを感じています」

蓮珠は恐る恐る手紙を開いた。そこに在る文字と思われるうねった線のひと塊を見て、蓮珠はすぐに手紙を閉じた。書かれていたのは、手紙というにはあまりにも言葉足らずな、わずか一文のみ。

『あとは任せた』

蓮珠が読める叡明の書く筆は、そもそもこれ、ただ一つだけだ。幾度も目にしたことで、文字として読めているわけではないが、そののたうつ線の塊と文意がつながる。叡明から翠玉への文面にあったのは、条件を満たした時に渡すことであって、字を読み取ることではなかった。そう考えれば、その手紙の文面は蓮珠が読めるものということになる。だから、この言葉が書かれているのは、開いてみるまでもない決定事項でもあった。

だが、いまこのときによりによってこの言葉が叡明から蓮珠に示されるとは。

「忘れていました。あの方、わたしのことお嫌いでしたね」

どこまで予想していた？　この『あと』には、翠玉だけでなく榴花も含んでいるのだろうか。叡明のことだ。この手紙を見た蓮珠がその点を悩みながらこの先を進んでいくことも考慮しての文言だろう。

もしや、蓮珠が翔央と居ることに対して、自身の手の平の上だとでも言いたいのだろうか？　……言っているかもしれない。叡明は翔央をこれでもかというほど大事にしていた。

双子だが、凌王の兄馬鹿に比して劣らぬ弟愛を持っていた。たぶん、そこも凌王と話が合ったのではないだろうか。

文面がその凌王の目に晒される可能性もあった。その時、同じ弟愛の凌王は、この『あと』を翔央のことだと思うだろうし、叡明としてもそう思わせたかったのだろう。

ただ、この文面の受け取り手が蓮珠であるだけで、この『あと』に含まれるものが格段に増えるだけだ。そこまでは、いかに凌王とてわかるまい。わからなくていいからこそ、叡明はこれを蓮珠に遺したのだ。

腹立たしいほど、すべてを狙って仕掛けた手紙だ。

「……何が書かれていたんだ？」

翔央が遠慮がちに問う。叡明を悪く言うつもりはないが、多少愚痴《ぐち》りたくもなっていた。

「いつもどおりです。……いつもどおり過ぎて、これまでのすべてが、この時のための目慣らしだったんじゃないかと疑いたくなるほどですよ」

そこまで疑うのはよくないかもしれない。万が一読めなかったときのために、同じ文言を翠玉への宛先指示の中に含めていたのだから。ただ、この手紙は、大量の図面の中に挟まれていたという。では、その図面は、どの段階で凌国に送られたものなのだろうか、という疑問はある。

「翠玉。これが挟まれていた図面は、いつ頃のもの？」

「輿入れの船で運んできた、凌国への贈り物の一部だったものだよ」

では、少なくとも出立式の前ということになる。遠い過去までは疑わないにしても、出立式の前には、もしかするとこういう事態になるかもしれないという想像はしていたということだ。

「陶蓮。それで内容は？」

「……叡明様の文字で書かれていました。内容を誰かに知られることを望んでいないということだと思われます。なので、決して口にすることはありません」

ここは王太子宮。真永と翠玉以外の凌の人間が居るかもしれない。翔央と張折でさえ、凌王の接近に気づかなかった。技官の凌王ができたのだ。凌の本物の密偵は、もっとうまく気配を消せるかもしれない。

ただ、これならば、翔央には何が書いてあったかが伝わる。

「……正直、先帝陛下の真筆を破棄するのは心苦しいですが、残すわけにはいきません」

叡明は、ほかならぬ蓮珠に『あとは任せた』と遺した。だから、ここからは蓮珠は蓮珠自身の判断で行動しなければならない。この手紙を残すべきではないと感じている以上、ある種の遺品であったとしても残してはならないのだ。

「申し訳ございません。先に部屋に下がらせてください……考える時間が必要なので」

蓮珠は真珠宮の部屋に戻った。誰も止めなかった。遺された手紙の内容の重さを想像したのかもしれない。

「まあ、丸投げは、重いと言えば重いけど……」

寝台に身を横たえ、もう一度手紙を見る。読めない文字というか線の塊を見つめる。

「……とても冷静に書かれている。緊急事態想定でも感情に起伏がない表書きは？」

どこまでもその言葉がこの身を縛《しば》る。任された以上、考えられる限り考えて、最善の仕事をする。ある種、叡明からの辞令だ。

「辞令って……ん？　……もしかして、無位無官でも動けるように？」

頭が良すぎる叡明が、緊急事態が起きていることを想定して、他の誰でもなく蓮珠に宛てた手紙。なにかあった時のために手紙を取っておくべきか。いや、人に読める字で書かれていない辞令に意味などないかもしれない。やはり、直感通り、この手紙は破棄すべきなのか。

ああ、自分如きが、あの叡明の託したもののすべてを受け取れるなんて思っていない。それでも、この手紙が自分宛てであることの意味に応えたい。

あの崖で、何もできなかった自分だからこそ、応えねばならない。

「蓮珠、ちょっといいか？」

声に寝台の上で身を起こす。

「……翔央様？」

大股で寝台まで歩み寄ってきた翔央が、蓮珠の前に手を出した。

「蓮珠。……それ貸せ」

「え？　……はい、どうぞ」

叡明が遺したものだ。翔央が欲しても致し方ない。いっそこのまま翔央の手に委ねるべきかもしれない。蓮珠は、この言葉さえこの胸に刻んでいればいいのだから。

だが、手紙を手にした翔央は、蓮珠の目の前で躊躇《ちゅうちょ》なくそれを破りだす。

「翔央さまぁあああぁ！」

蓮珠の制止も虚しく、手紙は少量の紙ふぶきに変じた。

「なんてことするんです？　貸せって言っといて、最初から返す気なんてなかったですよねぇ！」

寝台を跳ね下りて、蓮珠は翔央に詰め寄った。だが、翔央は欠片も反省もなく、むしろ蓮珠に詰め寄ってくる。

「叡明の遺した言葉なんかで、いっぱいいっぱいになるなよ。ただでさえ、お前は放っておくと、一人で考えすぎる。……叡明の狙いなんて考えなくていいんだからな」

　考えすぎに反論できない。反論の言葉に詰まる蓮珠に、翔央がさらに顔を寄せる。

「俺の知っている陶蓮珠は、とんでもなく有能な官吏だ。それは、今も変わらない。威国で官吏に任命したそれを、俺は取り下げていないからな」

　あれは、一時的な、威国限定のものではなかったのか。元官吏、元女官、無位無官の何者でもない存在。それが今の自分だと思っていたのに。

「……有能だなんて、買いかぶりすぎです。わたしは、生涯下級官吏で終わるはずでした。そこに翔央様から法外の報酬を戴いて、わずかな時間、紫衣をまとったにすぎません」

　上級官吏であることを示す紫衣の官吏装束。着せてもらっただけで、中身が伴っていなかった。必死でやっていたことの実態は、各部署からあがってくる決裁待ち書類の整理でしかなかったのだから。

「俺に官吏を見定める目がないと？　……蓮珠。お前は、目の前の状況がどれほど不利であっても、その時々に応じて、己の官吏経験と複数部署で身に付けた知識を総動員して、状況を覆すことができる。相国官吏陶蓮珠の仕掛ける策は、筆頭丞相の李洸や元軍師の張折どころか、あの叡明ですら思いつかない方法だ」

　これはずるい。翔央の人を見る目が確かであることを蓮珠は知っている。彼は周囲に置く者を、そのおおらかな性格に反して非常に慎重に選ぶ。そして、側に置くと決めたなら、その相手を全面的に信頼する。彼には、信頼して裏切られることのない相手を選べるから問題ないのだ。

こういう人を、なんというのか、蓮珠は最近になって知った。王の器にある者。常春に来て数日の間にそれを学んだ。榴花が不向きだと判断したのは、向いていて、かつ玉座に就いている人を目の前にしていたから。

「この緊急事態に、叡明は俺でなくお前に後を任せた。それは、蓮珠が蓮珠のままでやることに価値があると判断したからだ。だから、いま考えすぎる必要はない。まだお前が考えなきゃならないほどの状況じゃない」

その自信に満ちた表情に、蓮珠は反論した。

「でも、今だって十分に状況悪いですよね？」

だが、翔央は口の端に笑みを浮かべた。

「いや、まだだ。俺にしろ、李洸にしろ、八方塞《はっぽうふさ》がりとまでは思っていない。まだ、方策は思いつく」

翔央が言うのなら、その通りなのだろう。そうか。いまはまだ、叡明に後を任される状態にはないのだ。我知らず、小さく安堵の息が漏れる。

身体の力が抜ける。その蓮珠をそっと抱き寄せ、翔央が耳元でささやいた。

「だから、蓮珠。お前一人で抱え込むな。『あとは任せろ』。……俺がいる」

身体の力が完全に抜けた。そのまま、翔央の胸にもたれかかる。

「蓮珠？　どうした、ふにゃんふにゃんになっているぞ」

「翔央様のせいです。宣言守ってくださいね。……あとを任せます」

蓮珠は、そのまま目を閉じた。


翌日の朝。真珠宮に翠玉が逃げ込んできた。

「助けて、お姉ちゃん！　また囲われる～！」

露台に置いた椅子から庭を眺めて、榴花の造園計画を聞いていた蓮珠は、その声に振り返った。

「なに？　どういうこと？　……この国、うちの翠玉になにをしようっての？」

蓮珠は椅子を立った。ただそれだけだが、露台の端に控えていた紅玉が、慌てて蓮珠を宥《なだ》めてきた。

「落ち着きましょう、蓮珠様。もう少し、王太子妃様のお話を伺ってからのほうがよろしいかと思いますよ」

紅玉にそう言われては落ち着くよりない。蓮珠は椅子に座りなおした。

「それで何事？」

蓮珠が尋ねたところに、真永を先頭に翔央たちが入ってきた。

「翠玉様、なにかあったんですか？」

真永は真珠宮に走っていった翠玉を心配して追ってきたそうだ。

「……それがですね。元役人のお姉ちゃんに育てられたんだから、政も教え込まれているだろうって。それで、政の話をしようって囲まれまして」

それは、王太子妃を通じて、王太子に取り込もうということだろうか。

それとも、政の話ができるなら、それを理由に華国に送り込もうという企てか。

「いや、待ってください。わたしが翠玉に政を教えたって、なんです？　仕事の話を家でしていたって話ですか？　……そこまでいくと守秘義務違反でしょう。わたしは真っ当な役人として仕えていたんです。たとえ、翠玉であっても仕事の話はしていません」

蓮珠の否定に、真永が頷く。

「お二人の家でのお話は、基本大衆小説ですよね。知っています」

さすが一時的にではあるが陶家の家人として雇われていた人である。

「いやー、丞相殿。真っ当な役人ってなんだろうな？　うちの部署に居た時点でまともな役人の道歩んできてないと思うんだが」

たしかに張折を長とする行部は、ほかの部署では疎まれた官吏の集まりであった。

「それ以前に、真っ当な役人でしたら、ここにはいらっしゃらないでしょう」

李洸がため息とともに、張折を見てから蓮珠を見る。

「その言葉、そのままお返ししますよ。李丞相様！　丞相というお立場で、このような場にまで出ていらっしゃるなんて……」

言い返す途中で言葉が途切れる。糸目の李洸が口角だけ上げていた。

「三丞相の中でも若輩の身ですから、職掌が広いだけですよ？」

その場が静まり返ったところに、翔央が引きつった笑みで呟いた。

「かつて、こんなにも怖い笑顔を見たことがあっただろうか……」

だが、翔央の声は、そもそもよく通る。呟きが呟きにならない。

「主上。聞こえていますよ」

李洸は己が仕える主を一瞥《いちべつ》してから、場の全員に聞こえるように話をした。

「実際のところ、白瑶長公主様は政をある程度理解しておられます。代筆業は、皇帝執務室の一角で行なわれておりました。日々、先帝陛下と政について語り合うその場にいらしたのですから。先帝陛下もそのことをご存じでいらしたから、話し合いで決まり次第、必要な文面の内容を口頭でお伝えになっておりましたね」

李洸は、その皇帝執務室で多くの時間を過ごしていた人だ。間近で、皇帝の代筆をしていた翠玉を見ている。嘘はないだろう。だが……。

「……通達文章を、口述筆記で？　それって、人名もその通達対象部署で使われる用語も理解していないと、できないですよね？」

蓮珠は信じがたく、思わず翠玉のほうを見た。翠玉のほうは、首を傾《かし》げる。

「そこは……お姉ちゃんが、下級官吏時代に部署を変わるたびに新しい部署で使う言葉や仕事の概要を声に出しながら書いて覚えていたのを見ていたからかな」

場が静まり返る。蓮珠は恐る恐る元上司のほうを見た。

「陶蓮。……守秘義務違反やらかしているじゃねえか。説教もんだぞ。官舎も下級役人用じゃ、隣家の声聞こえる近さだろうが」

「……反省しております」

翔央、李洸、張折を正面に、蓮珠は跪礼した。

「で、でも、そのおかげで、代筆業の最初から先帝陛下のお話も分かったよ。あと、お仕事をいかに覚えるかもお姉ちゃんから学んだから！」

翠玉が蓮珠を擁護する。そのこと自体は嬉しいのだが……。

「複雑……」

役人として真っ当に歩んできたという自負は蓮珠の心を支えている。そこで、あってはならないことをしていたという話だ。

「ですね。猛省してください」

李洸が蓮珠に言ってから、すぐに翔央のほうを見る。

「元の話に戻しましょう。王太子妃様に声を掛けてきた者たちは、どのあたりでしょうか？」

「どこもかしこも派閥問題か。……王太子派にしては、翠玉を取り込もうとする動きが不自然だ。王太子派は国内貴族から妃を入れたいんだろう？　張折、どう思う？」

翔央が張折に声を掛けたことで、お説教が中断される。

「昨日の図面の件で技官組は王太子妃様の評価を上げたという話ですが、王太子派は基本的に反技官。政治の話をしに来たということから考えても、そうなるのでは？」

さすが張折である。蓮珠に説教していたのに、翔央と李洸の話を聞いていたようだ。だが、翔央は異なる意見を持っているようで首を傾げる。

「いや、おそらく分派が進んだんじゃないか？　……叡明が帝位に就くことが公にされた時、叡明につくかどうかで、派閥内が分裂したことがあっただろう？」

「よく覚えていらっしゃいましたね。……可能性は高いです。そうなると、ますます厄介な状況になりますね。我が国にとって、どこと手を結ぶのが最善か見極めるのが難しくなります」

ため息交じりに言ってから、李洸が気を取り直して、翔央に奏上する。

「状況を整理いたしましょう。……反王太子派の技官は、王太子妃様への心証が好転し、先々国母となられるに相応しいのでは、と考えるようになった。ただし、非技術者である王太子様への反発が消えたわけではない。おそらく許容派と反王太子強硬派に分裂したのでしょう。次に、非技術者の貴族・官僚層が多い親王太子派も、政に明るいと判明したのであれば、王太子妃として申し分ないと考えるようになった一派と、あくまで王太子妃は国内貴族からという考えを変えない一派に分かれたというところでしょうか」

李洸が指折り並べるのに耳を傾けていた翔央が、少し考えてから指示を出す。

「……李洸。どの派閥が声を掛けてきても手を結ぶなよ。話し合いは探りを入れるに留めておけ」

意外だった。李洸が並べた派閥の中には、王太子と王太子妃を支持する派閥もある。うまく協力関係を結べば、状況を打開できるかもしれないというのに。

「主上、なにかお考えが…？」

李洸もまた蓮珠と同じく疑問に思ったようだ。全ての派閥に対して距離を置こうとする翔央の真意を尋ねた。

それに対して翔央は、また少し考えてから、李洸と張折の二人に、更なる指示を出す。

「分裂した派閥を含めて、できるだけ話を集めろ。凌王との間でどんな将来像を話しているか、そこを特に気をつけて拾え」

蓮珠には、それが李洸の問いとどう関わるのか、まだよくわからなかった。

だが、翔央は慎重に、そして、極力小さな声で、李洸の問いの答えを口にする。

「……おそらく、凌王は、俺を試している」

納得してしまった。凌王は、相手の資質を見定めたがる。榴花が王の器にあるか否か、それを計るために真珠宮に日参して碁を打ちに来た。凌王が見ているのは勝ち負けではない。振舞いと選択だ。

どの視座で、どのような手を選ぶのか。盤面全体を見て選ぶのか、目の前の攻防だけに集中して選ぶのか。積極的に戦いを仕掛けるのか、仕掛けられた戦いを躱《かわ》して防御を固めるのか。追い込まれた時には、冷静に手を返すのか、勢いよく反撃の手を打つのか。それら振舞いと選択に、打ち手本人の資質を見ていた。

以前の会話でも、凌王は翔央がどんな人物であるか、強く興味を持っていた。

だからって、自国の政争を利用して、他国の王を試すって……。

「そういうことですか。……これはなかなか厳しいですね。我々が下手に動けない状況を作られてしまったわけですか。凌王陛下は、本当に怖い方だ」

最も大きな問題は、凌国とか華国とか、そういうことではなく、凌王そのものではないだろうか。

「どこの国主も怖くて、厄介ですよ」

蓮珠は、大陸に大きな勢力を持つ国々の、すべての国主と対面した。その誰もが、蓮珠では理解の及ばない、底知れぬ怖さを持っていた。

「……それはそうだろう。数百万の民を両肩に乗せて国を治めるなんて、まともな神経でできるわけがないんだから」

翔央が口の端に笑みを刻む。思えば、この人も玉座に就いた側だった。

いずれそちら側になる真永もそれを否定せず、ただ黙って翠玉の肩を引き寄せる。

「大丈夫ですよ、真永殿。一人で全部を肩に乗せなくてもいいんです。私も側近の人たちもいるのですから」

翠玉が両手を伸ばし、真永の頬を包んだ。

「……そうですね。翠玉様は技官にも文官にも認められた人だ。その負担にならぬよう、私も精進せねばいけませんね。そうでないと、本当にまともな神経ではいられなくなるだろうから」

真永が祈るように呟いた。

どれほど怖くて厄介でも、国主は人だ。天帝や西王母でもなければ、青龍や白虎でもない。一国数百万の民を人の身で背負うことこそが、底知れぬ怖さそのものなのだ。

蓮珠は、少しだけ手を伸ばし、翔央の袖の端をつまんだ。

「わたしも精進します。……貴方を支えられる自分でありたいから」

まだ小さな声でしか口にできないが、それでも一人ではないことを翔央に伝えたかった。

「……もう十分に支えてもらっているんだが。ただ、そう言われると甘えたくなる。俺も精進が必要だな」

小声の返事だった。でも、同じ場所に居るのだと、とても強く感じた。

第四章

撥乱反正

〔はつらんはんせい〕

下手に動けない状況を壊す来訪者が常春を訪れたのは、翔央たちの到着から二日後のことだった。

その来訪者と既知であるという理由だけで、蓮珠たちは謁見の間に呼ばれた。

「威国首長を出した部族、黒部族の公主より凌国の国主様への書状を届ける使者として参りました、朱景にございます」

訪問者は黒部族の装束に身を包んだ朱景だった。

おそらく、白豹が威国に着き、黒公主に状況を報告したのだろう。おかげで、朱景を使者に立てるという、威国的には最上級な平和的訪問になったのだ。

「中身は宣戦布告か？」

側近が受け取った書状を横目に見て、凌王が尋ねた。

「いえ、単なる迷子の引き取りです。書状内容を要約いたしますと『凌国に迷い込みました我が国の庭師をお返しいただきたい』というものになります。迷子の庭師を凌国の方に保護していただいたことには感謝しております。ですが、庭師は庭師。宮城の奥に閉じ込めておいては、お役に立てません。それでは、貴国のご迷惑になるばかりでしょう」

榴花は、すっごくはりきって真珠宮の庭を整えているから、放置された後宮を整えるというお役になら、立っていなくもない。

「凌王陛下におかれましては、我が主たる黒公主の言葉を、ぜひともお聞き届けいただきたく存じます」

「庭師が迷い込んだ、か。……言ってくれるじゃないか」

凌王が笑みを歪ませる。

榴花が庭師であると強調すれば、それは凌王の配下の頭の中にも刻まれる。ただの庭師では華国に送り込めない、ましてや新王に立てることなどできるわけがない。そういう空気を作っている。それが朱景の役割なのだろう。

「……こちらでは、庭師を預かった記憶がない。該当する人物を探させる。しばし時間をいただこうか」

朱景の既知だと蓮珠たちを謁見の間に同席させる一方で、凌王は榴花を同席させていない。真珠宮でも、既知の客人としか聞かされていなかった。だから、蓮珠たちも榴花が真珠宮に残ることに疑問を抱かなかった。

自分たちだけが呼び出された時点で、凌王はすでに策を巡らせていたのだ。

下手すると、いまここに自分たちがいる間に、榴花は真珠宮から別の場所に移動させられているかもしれない。朱景はもちろん、蓮珠たちからも遠ざけるために。

「お返しいただけるまで、お待ちしております。……ですが、我が主は、あまり気の長い方ではございません。私がなかなか戻らない時は、先ほどの淩王陛下の懸念が現実になるかもしれませんので、お掛けになる時間はよくよくお考え下さいまし」

朱景は、それで一回目の交渉を終えて、下がった。

なんて場に同席させるんだ、と思った。見ているほうが怖くなる時間だった。


真珠宮に下がる廊下で、翔央が大きな息を吐いた。

「堂々としたものだな。いくら公主に仕えてきた身とはいえ、玉座の前でもしっかり声が出ていた。話の流れ、表情の作り方も慣れている。なかなかに熟練の外交担当だ」

翔央には珍しく朱景を評価していた。

「……朱家は華国の重臣の家でした。後継者だった朱景殿は、幼い頃から当主である父親に同行して登城していたそうです。……いずれ自分が立つ場の空気感に慣れておくために」

蓮珠は朱景から母の生家である朱家について、少しではあるが話を聞いていた。これに張折が頷く。

「なくはない話だな。兄貴が居た俺でさえガキの頃に拝謁を賜っている。……丞相もそうだろ？」

「そうですね。……とはいえ、朱景殿のアレは、榴花殿を取り戻したいという気持ちが強く表れていると思われます。まっすぐに凌王陛下を敵視していた。威国の本気を感じさせる怖さがありましたね。……そういえば」

李洸が張折に応じながら、足を止めて、蓮珠のほうを見た。

「あと、離宮には先帝最後の公主にお近づきになろうとする者が、ごくまれに訪れることもあったようです。それを丁重に追い払うのも朱景殿のお仕事だったらしいですよ」

榴花は元離宮の庭園に忘れられた存在だった。だが、完全に忘れられたままで放置されていたわけでもなく、ごくまれに迷惑な客人が来ることもあったそうだ。

「そうか。訪ねてくるのは公主を利用したいだけの上の身分の者たち。それらを相手に立ちまわっていたわけか」

翔央が応じたが、李洸が蓮珠のほうを見て言ったのは、相国側もまた朱景について調べていることを示すために思えた。そこには、蓮珠の母の件も含まれているだろう。

威国の件に続き、ここでも蓮珠は、相国ではない側に、凌国・華国の側に肩入れする理由を大きくも小さくも持っている。翠玉のために、朱家のために動くかもしれない。丞相として、当然の懸念だろう。

言葉では証明にならない。蓮珠は沈黙で返した。

「こちらとしても、朱景殿が榴花殿を威国に連れ帰っていただくのが平和的解決ですね。華国の王は華国の者が決めるべきでしょう」

張折が言ったところで、廊下の先に人影を見て、視線で全員に警戒を促す。凌の官吏だった。

「おお。陶蓮珠殿。聞きましたよ、威国からの来訪者はお知り合いだそうで」

蓮珠に話し掛けてきたのは、その官服から技官ではないことがわかる。あの場に居たのだろうか。居て追いかけてきたのだろうか。思わず蓮珠は、李洸を見た。当然、首を横に振られる。同じく謁見の間に呼ばれ、同じく場を出てきたわけで、朱景の訪問を知ったのは同時だった。

「……それは、どういうことでしょうか？」

意図を探ろうとした蓮珠の問いに、そもそも蓮珠に話し掛ける機会を得られなかった凌の官吏は大喜びで歩み寄る。

「あの朱景殿と申される方と、ぜひお話を……」

だが、蓮珠の前に張折、李洸が出て、さらに翔央が蓮珠の手を引いて自身の横に引き寄せる。蓮珠は、小さく息を吐いた。まだつながれたままの翔央の手を軽く握り返してから、声を掛けてきた相手を見据える。

「仲介はいたしません。……そもそも朱景殿は威国の使者です。相国の者であるわたしになにを言えとおっしゃられるやら」

どこかで隠れているだろう他の者にも聞こえるように、少し声を張って言った。

相手も相国皇帝である翔央がこの場に居る以上、強くは出られない。話をそこで切って、凌の官吏たちをそのままに相国の面々は足早に真珠宮へ戻った。

李洸と張折は、真珠宮に戻るとすぐに状況を調べるために宮を出ていった。朱景の件を調べに行ったのだろう。

「……朱景殿の件、実は根拠なんてなくて、誰も彼も繋がりあるように思われているだけなのではないでしょうか。例の噂の件だって誤解だと言えば言うほど、真実味が増してしまって、身動きが取れないんですけど」

蓮珠は翔央と二人であることで、皇后の宮である玉兎宮《ぎょくときゅう》で会っていた時の感覚になる。翔央も緊張が抜けているのか、小さく笑って応じてくれた。

「俺にもよくわからないが……蓮珠には大物感があるのではないか？」

「……見た目からして小物ですが？」

蓮珠は母からの南部の血筋が出ていない。相国北東部出身者に多い小柄な身体だ。南部の血筋が出ている翔央はもちろん、相国の南東部にある栄秋出身の李洸、張折も背が高いので、この一団では逆に目立つ。

「朱景殿の比ではないほど、上位の者と話すことに慣れているし、堂々と意見できるだろう？　大物感たっぷりだ」

「それは、たしかに慣れておりますが……」

下級官吏から皇妃の身代わりになり、その後、上級官吏にあがったものの、皇后の身代わりという立場になったのだ。周囲は、本来であれば尊顔を拝することさえ叶わぬ人々ばかりだったし、それでも立場上話をしないわけにいかなかった。

「その発端は、翔央様ですよね」

責めるわけではないが、発端が翔央であることは事実なので指摘しておく。すべては、翔央が蓮珠に声を掛けてきたあの時から始まった。

「すまんな。あの頃は小隊率いる程度の武官でしかなかったんだが、いまでは誰も気軽に話しかけてくれなくなってしまった」

たしかに、最初に会ったその時は、武官の姿をしていた。それが、いまや……。

「まあ、そうでしょうね。いまや一国の皇帝ですから、気軽に話しかけられませんよ」

「本人に実感がないだけに、国主の威厳などないままなんだがな」

庭のほうを見て苦笑いする横顔を見つめる。臣下として、不敬ではないかと思わなくないのだが、目元に浮かぶ寂しげな陰影に、目を離してはいけない気がした。

威厳がないなんてとんでもない。翔央はすでに皇帝の貫禄を持っている。凌王と同じ底知れぬ怖さも持ち合わせている。

「……貴方が皇帝であることは、わたしにとっては、ずいぶん前から当たり前のことでした。朝議にも出ておりましたから、玉座でのお姿も知っております。臣下として、臣民として、この方の下に仕えることを幸せなことだと思いました」

翔央がこちらを向く。少し辛そうな表情に、言いそうなことが予測できる。

「あれは……、叡明の真似事《まねごと》でしかないぞ」

いつも、翔央の中には模範の皇帝としての叡明がいる。

凌王を見たせいだろう。凌王はどうしても叡明を思い出させる。王の器を見せつけてくる。似ているから、凌王と自身を比べてしまう。

叡明はもういない。これからもその存在はひたすらに輝く者として心の中に居続ける。もうけっして失敗せず、期待を裏切ることのない人。そんな存在、いつまで経っても超えたと思えるわけがない。幻で、伝説で、実を伴わない理想形の彫像だ。

だから、翔央が視るべきは叡明でも凌王でもない。

「……それでも、玉座にいらしたのは貴方《あなた》です」

どれほど真似事だったと言っても、臣下は翔央の言動に、皇帝としての存在感を感じていた。蓮珠は行部の官吏として叡明本人が玉座に居る朝議も知っている。だから、二人の違うところもわかっている。翔央は実を伴った存在だ。

翔央の朝議は発言する空気感がある。派閥の長たちが意見を交わすことが多かった。たとえそれが派閥の主張をぶつけ合う場であったとしても、臣下が皇帝の前に会する意味があった。叡明は、その頭脳で、あらゆる言動を封じてしまう空気があったように思う。

「……玉座に誰が座るのか。そこに臣民の意志が反映されるものではありませんが、華国は、良き王に恵まれてほしいですね」

威国が榴花を取り返しに来た以上、榴花を華国新王にすることはないだろう。凌国として、威国との戦争を望んではいないだろうから。それは威国も同じではあるが、関係悪化を避けたい気持ちは、凌国のほうが強いはずだ。華国問題と同時に威国問題は抱えたくないだろう。榴花ではないにしても、誰かが、新たな華王にならなくてはならない。

「伯父上の後継なら、誰でも賢君だろ」

「……色々あったわたしより手厳しいご意見ですね」

「身内には厳しいくらいがちょうどいい。……とはいえ、華国にはまともな王を立ててもらいたいものだ」

翔央は表情を引き締めると、庭から蓮珠に視線を移し、声を小さくした。

「相国南部は華国との貿易で成り立っているところがある。……華国の政情安定は相国にとっても重要な課題だ。あの伯父上が歪めた政を正すために、誰かが華国の王となり、軌道修正する必要がある」

身内に本気で厳しい。その厳しさが叡明にも適用されれば、少しは翔央の自身への低評価も緩和されないだろうか。

「凌国だけの話ではないんだ。華国が安定しなくては、相国のこれからはない。そのままの相国を手に入れる最大の益は、大陸でも五本の指に入る貿易港を得られることだ。その益が失われれば、龍貢殿が相をそのままにしておいてはくれないだろう」

それは、相が支配されるということだろうか。それでは、叡明が手を尽くして龍貢への禅譲を進めた意義が失われる。

「相国を蹂躙《じゅうりん》されるわけにはいかない。郭家は……五百万の民の命に責務がある」

この人は、すでに相を背負っている。帝位を軽んじているわけでもない。重さを理解している。覚悟がないわけでもない。投げ出すことなく踏みとどまっているのだから。

それでもなお、自身の皇帝としての器を疑い、帝位に相応しいと思えずにいる。

思った以上に、翔央の精神は危うい均衡を保っているのかもしれない。早く、できるかぎり早く、凌国を離れたほうがいい。

凌王は、翔央じゃなくても叡明に似ていると感じさせる。本人の望む分野での才能と同時に王の器を持っている。叡明が歴史学者の肩書を捨てることがなかったように、凌王は技術者である己を捨てていない。玉座を片手に乗せても支え切れる稀有《けう》な才の持ち主だ。

凌王のほうも叡明を知っているから、叡明と翔央を比べるようなことを言っている。そのことが、よりいっそう翔央の心をかき乱している。

この国を、龍貢を待たずに、できるかぎり早く離れるためには、その凌王の許可がいる。だが、あの王は、無条件でそれを許可するようなことはしないだろう。

そして、条件として提示されるのは、間違いなく、凌国・華国の後継者問題だろう。

「……翔央様は、榴花殿や翠玉が華国の女王となるべきだとお考えなのでしょうか？」

蓮珠は、相国の考えではなく、翔央個人の考えを聞きたかった。

「蓮珠、それはここで答えるべきではない」

翔央が答えることを回避する。卓上の蓮珠の手に自身の手を重ね、制止を促す。

「ですが、二人は自身の道を、その意志ですでに進んでいます。そこから無理矢理、二人を引き離すのですか？」

蓮珠は自身の本音をぶつけることで、翔央が答えやすい状況を作ったつもりでいた。

だが、その蓮珠の言葉に応える声は背後からした。

「陶蓮珠。……そう思うなら噂に従い、華国に赴き、新王を据えてくるか？」

凌王だった。気配の一切を消し、出てきた瞬間から王の威圧を撒き散らす。いまも、その声で同時に蓮珠に圧をかけてくる。すぐにも凌王の前に膝を折らねばならなくなる衝動を、蓮珠の手を握る翔央の手がかろうじて止めていた。翔央が表情を歪めている。そのための回答の制止だったのだろう。あるいは、他国の王に、自国の臣民が屈することを許さない。そういうことなのかもしれない。

「ダメだと言うばかりで、別案を出せないとあっては、大陸屈指の相国官吏の名折れではないか？」

凌王が、楽しそうに蓮珠を見ている。自身の王としての威圧が翔央の制止を上回るのか、それを試しているようだ。

蓮珠に言葉をかけているように見えて、凌王の視線は、翔央に向けられていた。翔央が言っていたように、凌王は相国新皇帝を試している。いや、試されているのは、相国だ。

瞬間、蓮珠は腹の底に火石を投じられた感覚に椅子を立った。これは相国官吏ではなく相国全体に対する侮辱だ。このままにしてはいけない。これは、誰かに肩入れしてする決断ではない。試されているのが、相国であるならば、自分自身のための決断だ。

「華国へ行きます」

誰かが解決するのを、この場所で待ってなどいられない。

同じ感覚があったのか、その声は突然入ってきた。

「凌王陛下もおっしゃいますね。……それは相国全官吏への挑戦ということでしょうか？

もちろん、受けますよ、小官も相国官吏の長にございますれば」

李洸が、翔央に怖いと言わしめた笑顔で凌王の前に進み出る。その後ろには、無言で腕組みをしている張折もいる。誰一人、凌王《他国の王》の前に膝を折る者はいない。

「李洸。お前が挑発に乗ってどうする？」

翔央が蓮珠の手を離し、ゆっくりと椅子を立った。

「ですが、主上もやる気でしょう？」

李洸の指摘に、翔央の表情が一度自身の足元を見てから顔を上げた。

「そうだな。凌国でじっとしているのは、俺の性には合わない。華国の様子も見たい。行けるなら行くさ。だから、李洸。ひとつ訂正だ。相国官吏の頂点は、俺だろう？　だから、俺が行くんだ」

言っていることは正しい。だが、さすがに翔央まで華国に行くのはいかがなものか。

「……翔央様も行く気なのですか？　華国は明らかに良くない状況にあるんです。国主たる御身に何事かあったら……！」

　蓮珠は止めたが、李洸も張折も同調してはくれなかった。翔央本人に至っては、明るい笑い声を響かせた。

「俺が蓮珠一人を華国に向かわせるわけがないだろう。それに華国行きの危険を問うのであれば、相の民を守るのもまた国主たる俺の責務だろ？」

　これは、絶対に覆らない決定だ。翔央から視線をずらして、李洸と張折を見ても、やはり止めるそぶりもない。

　誰も安全な場所で留守番する気などない。それを互いに確認し合ったところで、凌王が堪えていた笑いを噴き出した。

「面白いじゃないか、相国。……そうか。では、わざわざ自ら華国に行くというのだから、問題を解決していただけるのであろうな？」

　挑戦的で、挑発的で、それでいて期待に満ちた眼差しがそこに在る。

「そもそも、華王の座が空いた要因は、相国にあるのだしな」

　どういうことかと思えば、翔央が額に手をやった。

「あれは、二人にとっては私闘の結果であって、国は関係ない……ことになっているだけで、全面的に責任がないかと言えば、まあ、なくはないか。とはいえ、丸投げが過ぎないか？　凌王よ。我々相国にとって都合の良い者を据えることもできてしまうが？」

仕返しとばかりに、翔央が凌王を挑発するが、相手は軽く受け流した。

「それで華国が落ち着くのであれば、かまわんよ。……郭家の相国、大陸中央、いずれも同盟は結んでいる。……政を知る仕上げに、真永を連れて行ってくれ。いない間にこちらで地均《じなら》しをしておく。案内は、ちょうどいいから朱景殿を連れていくといい。祖国の今を知って、どう動くか見たい」

この場の四人に、真永と朱景で華国に向かえ、ということのようだ。

「どこまでも、道具の改造をするような思考だな」

翔央が呆れるように言う意味が分からなくもない。凌王のやり方は、より良い道具にするために、どこをどういじればいいのかを考えているような、試しが多い。

「……王の視点ではないと？　当たり前だ。私は今も技術者のままだからな。そこに軸足を置いて物事を見ているし、判断をしている。周囲はそれを勝手に王の器と言うがな」

それは、蓮珠だけでなく翔央や李洸も驚かせたが、張折はわかっていたようだ。

「相の先帝は、そういう私を理解していた。彼もまた、目の前の進行していく出来事のどれもこれも、史書に記すものとしか思えないのだと手紙に書いていたな。……周囲が言うような先読みの才能などではなく、過去の類似事例を引っ張り出している記憶力の活用に過ぎないとも書いていたぞ」

そうか。張折は叡明の師として、叡明の思考の特性を理解していたのだ。だから、凌王の言うこともわかっていたのだろう。

でも、複雑だ。凌王も叡明も、蓮珠の目には王の器そのものだから。

それは、翔央も同じだろう。叡明が見ていたものが、思考が紡ぎ出した先の一点ではなく、頭の中にあった膨大な過去の蓄積だったとは。

「いつか、過去に前例がない危機的状況に陥った時、自分は何もできずに戸惑うばかりだろう。だが、自分の片割れは、何もない状態からでも、危機的状況を乗り越えるだろうとも書いてあったかな。……郭翔央。私は君に期待しているんだ」

凌王がこれまでになく楽しそうな笑みを浮かべている。

翔央は、まだ叡明の視点の衝撃から回復していないのか、凌王に応えなかった。

「……さあ、早々に出立するといい。龍貢殿への使者を兼ねて華国と大陸中央の状況を探りに出したチアキからも華国のよくない報告が届いている。早々に大陸中央に向かわせたが、華国は日に日に国が傾いていっているようだ」

傾国。この大陸を長く支配した高大帝国さえもそれから逃げることはできなかった。

それにしても、千秋を見ないと思えば、また国外偵察に出ているらしい。そんなに頻繁に国に居ない宰相でいいのだろうか。

「李洸、張折。すぐに用意を」

思考を切り替えたのか、翔央が側近に指示を出す。武官時代、小隊を率いていた翔央は、少人数での長距離移動の演習を繰り返した。その経験は、こういう場面での取捨選択に出る。叡明が歴史学者であることに軸を置いていたのであれば、翔央は武官としての彼に軸があるのかもしれない。

戦うことは、過去の経験、現在の状況、そして戦況の変化を予想して動く先を見る目も必要になる。それらは、叡明が凌王への手紙に書いたように危機的状況を乗り越える力になるだろう。

翔央には、武官として培われた視点と、身代わり皇帝として身に付けてきた政の視点があるのだから。

「……あれ？」

遠い昔。王という存在は、戦う者だった。多くの兵を統率し、戦いに勝ち抜くことで、国を興した。

「それじゃあ、誰よりも……叡明様よりも、王の器にあるのは……」

「陶蓮珠。少し話をしよう」

蓮珠の中で結論がでるその寸前、凌王が声を掛けてきた。

「話、ですか？」

足を止められた蓮珠は、一人この場に残された。

「陶蓮珠。そなたの目的は複数ある。ご苦労なことだ」

言いながら凌王は椅子に掛けるよう蓮珠を促した。

「凌王陛下の便利な道具でなんとかなりませんかね」

応じながらも、遠慮なくやり返す。相国として、凌王の前で膝を折らないという方針で決したので、外交の顔はしない。凌王もそれを咎めることなく、笑って身《み》も蓋《ふた》もない答えを返してくる。

「ならないな。人のことは人の言動で成すよりない」

自身も椅子に座り、視線を翔央のほうに向ける。

「遅刻はいただけないが、良い男だな。禅譲のための臨時皇帝ではもったいない。いっそのこと華国の玉座に据えてはどうだ？　華王の甥御であるなら、表向きの文句は出ないだろう」

ついさっき、蓮珠は翔央の持つ王の器に気づかされたばかりだ。その機で、翔央が長く王座にいられるかもしれないなんて話をしないでほしい。

「……それをわたしに言いますか」

可否は無視して、それだけを返して、凌王の目を見据える。

「言うとも。陶蓮珠、そなたの心ひとつで次の華王が決まるかもしれない状況だ。翔央殿に榴花公主、白瑶長公主。その全員に影響を及ぼすことができるのはそなただけだ。我々では榴花殿の心を変えることはできない。だが、そなたが言うのであれば、聞くのではないか？」

例の噂を利用して、蓮珠を試している。華国の玉座を埋めるのは急務であることは理解している。だが、そのことと、いま名をあげた誰かを据えることは、話が違う。しかも、華国の玉座に就く誰かを自分が決めるなんてこと、あってはならない。

「そんなこと、ありませんから」

蓮珠の否定を、凌王は鼻先で笑う。

「……だが、翔央殿と義妹は、そなたの言葉に容易《たやす》く説得されそうだ。怖い怖い」

試しているのは蓮珠の選択ではなく、自身の目的が成るか否か、かもしれない。大きすぎる賭《か》けをするものだ。

「それが目的ですか？　わたしが華国へ行けば、翠玉を説得させようとする者たちも動けなくなる。……その上、凌王陛下は、わたしが翠玉を華王にするつもりがないと確信していらっしゃる。自国の後継者は揺るがない」

自分たちは、凌王の目的のためにうまく手のひらの上で転がされている気がする。

「……そなたの目的のひとつは、私の目的と一致している。悪くない同盟ではないか。信頼しているぞ」

ずいぶんと一方的な信頼ではないかと思っていると、凌王が方向性を変えてきた。

「いや、期待していると言うほうが近いか。……いま候補に挙がっているのは、榴花殿、翠玉、翔央殿。そなたは、その全員を華国の玉座から遠ざけようとしている。だが、そなたには、凌国からの解放という目的もある。それを成し遂げるためには、誰かを華国の玉座に据えねばならない。有能なる相国元官吏、陶蓮珠よ。別案を期待しているぞ」

過剰な期待だ。ただ、悔しいことに、その期待されることに応じざるを得ない。凌王の思うとおりに事が運んでいくのだとしても、同じ線上に蓮珠の目的もある以上、そこはどうにもできない。

「……その期待にお応えする気はありません。私がするのは、相国官吏として、我らが皇帝のために動く、それだけです」

それだけのはずが、毎度厄介ごとを引き寄せて、その対処に追われることになる件に関しては、口にしないでおいた。

第五章

苛政猛虎〔かせいもうこ〕

凌国の都である常春は、大陸南東側、東海に面した港街でもある。そこから船で華国の都、永夏《えいか》に向かうことになった。

船には、翔央と真永を筆頭に、李洸、張折と続き、朱景、蓮珠、秋徳が乗っている。これは、現状の凌国が華国との正式国交が途絶えているため、国の使節として華国入りするわけにいかず、入国人数も最低限に抑える必要があったからだ。

蓮珠としては、筆頭侍女の紅玉とお付き太監の魏嗣に同行してもらうかを最後まで悩んだが、真永も朱景も国を離れる状態で、翠玉と榴花を任せられるのは、この二人しかいないと考えて、凌国に残ってもらった。

各派閥はもちろん、凌王がどう動くかもわからないので、紅玉と魏嗣ぐらいでなければ対応できないと判断した。翔央からは、二人の今の主は蓮珠なので、蓮珠の判断に任せると言われた。一応、李洸と張折にも相談したが、最終的に二人の華国行き同行はなしと決めたのは、蓮珠だった。

男性集団に女性一人ではあるが、翔央の皇帝権限で官吏の肩書をいただいているので、相国官吏として男性装束と同型の官服を着用しており、見た目には男性だけの集団で乗船している状態だった。

海路の選択は、日々国が傾いている華国の現状の詳細がわからない以上、陸路で永夏に向かうのは危険だという翔央と張折の判断によるものだ。その選択の正しさに息を飲んだのは、船を降り、港の状態を目の当たりにしたときだった。

「これが……華国の都？」

華国の永夏港は、相国の栄秋港と同じく、大陸屈指の貿易港として知られている。

それが、疲弊し、崩れ、死にかけていた。

船を停める桟橋は、ところどころ壊れていた。大型輸送船をつけても、荷物をおろすための広く安全な場所を確保できない。うち捨てられた積み荷と、それを競って漁《あさ》る人々。貿易港としての機能は完全に失われていた。

「目立つのを避けるために小型船にしましたが、いい選択でしたな」

張折は秋徳に命じながら淡々と荷物をおろす。軍師として戦場に出たことがある彼からすれば、それほど悲惨な状態ではないのかもしれない。

だが、李洸は戦禍から遠かった栄秋生まれの文官育ち。こうした状況を実際に目にしたことはなかったのだろう。

「ひどいですね。華国は商業的に成功した国で、その富の豊かさは地方の隅々まで行き届くほど……。そういう国だと聞いていたのですが、都の名を冠する港が、これほど荒れているとは……」

蓮珠もこれほどの荒廃を目の当たりにしたことがなかった。故郷の邑を焼かれた身だが、夜の急襲を逃げ、時を経て邑のあった場所に戻った時には、更地になっていたから。

人が、物が、たしかにあった形を失い、朽ちていく、その過程が、ここにはあった。

「……政が内側から腐り、富は都に集中していた。その都にも貧困層はいました。都の永夏は大陸南部にある華国でも最南端。冬に路上で寝ても寒さで死ぬことはないから、大丈夫……。それが、子どもだった私でも知っている生き抜き方でした」

朱景は、戻った祖国の今の姿から目を背けることがないように、己を律し、港の様子を見つめていた。

「長く戦時下にあるわけでもないこの国でも、中央がろくでもないと、こんな風に荒れるんですよ」

張折がそれぞれに持つ荷物を割り振りながら、ぼやいた。

「政というのは、目には見えない歯車で、常に民の生活を動かしているものなんです。だから、政の中枢の失態は積み重なり、膨れ上がり、時間とともに国土の隅々までを侵食していく。どれほど中央から遠い場所であっても、民が民として存在するのであれば、政の影響を受けるものです。逆に言うと、国の都は政に近いために、影響が出るのは一番遅い。そのくせ、影響が出たならば、一気に崩れます」

張折は叡明の師でもある。叡明のように歴史学者の肩書を名乗ることはなかったが、歴史には通じている。歴史上あったどこかの国の都の荒廃を思い出しているのかもしれない。

淡々とした語りは、すでに永夏を過去の街として扱っている感じがした。

「それを考慮しても、ひどい有様です。玉座が空いているというのは、これほどまでに。永夏の貴族層は何をしているんだ」

真永が苛立ちを隠さずに、華国の政の中枢を非難した。それは、自身が政の中枢にあるが故のことだろう。

「玉座を争っているんだろうな。そのことで国土を荒廃させては、玉座を得たところで何の意味もないだろうに」

翔央もまた、真永と同じく政の中枢にいる側からの発言だった。

これに二人の立場により近い丞相である李洸が応じた。

「民のことを見てはいないのでしょう」

見えていないではなく、見てはいない。より悪質で、より絶望的な見解だった。

「新王となる者はそうとう骨が折れるぞ。中央をまとめ上げ、地方を落ち着かせねばならないのだから」

李洸の言葉を受けて無言になった場を、翔央が苦笑いで緩める。

「……榴花様はいらっしゃらなくて本当によかった。あの方では無理だ。この国を御することはできない。見るだけ酷だ」

朱景が呟いた。噛《か》みしめる口調は、わずかながら悔しさを含んでいた。

華王室の重臣の家に生まれ育ち、幼い頃に家を失うも、それまで既に政の重みをその身に刻んできた。政の乱れを前に、自身が何もできないことに苛立っているようだ。

「朱景殿」

蓮珠は、そっと衣の袖《そで》に触れた。朱景は顔を上げると、大きく息を吐いた。

「……榴花様は政に関わらないことで生き抜いてきました。先王最後の公主であっても、徹底的に政から遠い場所に居続けたことで、華王の粛清からも逃れることができたんです。あの方の中に政はない。王座に就くべきではないと、改めて思いました」

それは、榴花を今日まで生かし、同時に榴花のこれからにあるひとつの道を絶望的に閉ざす事実だった。

「今の華国は、傀儡を玉座に据えることすら無意味なほど荒れている。この国を落ち着かせることができるのは、本当にこの国の現状を憂え、政の何たるかを知る、王の器にある者だけでしょう」

朱景は冷静な声で、そう告げた。ただ、その表情は辛そうだった。威国に居場所を得た朱景ではあるが、感覚として祖国の華の行く末を案じているのだろう。

「この国は鳳凰《ほうおう》の加護を失ってしまったのでしょうか。……神話の時代から存在する南方大国が、ついに終わりを迎えるかもしれませんね」

この場にいる者の中で、ただ一人の華国に生まれ育った朱景。その彼が、永夏の広く高い空を見上げて、諦めを口にした。


朱景にどんな言葉を掛ければいいのか。悩む蓮珠に背後から声が割って入ってきた。

「そこの者たち、他国から来たのか？　悪いことは言わない、すぐに船に戻り、速やかに自国へ帰るといい」

港の出入国管理の役人だろうか。この港の惨状でまともな役人が動いているとは思わなかった。それにしても、第一声で帰国を促すとは。ある意味、正しい心根の役人かもしれない。

それとも貿易に来て後悔している側だろうか。蓮珠は声のしたほうを振り向いた。

そこには、大陸南部特有の高身長の男が立っていた。地方機関の下級官吏の官服をまとうその男が、翔央を見て呆然と呟く。

「……華王陛下」

翔央は首を横に振り、男に問う。

「鄒煌《すうこう》……だったか？」

男はその場に跪礼した。

「は、はい……。相国新皇帝陛下に拝謁を賜り……」

華王の側近であり護衛だった鄒煌だった。

翔央は、その場に跪礼しようとする鄒煌を、軽く片手で制した。

「よい。……公式の訪問ではないからな」

顔を上げた鄒煌が蓮珠のほうを見てきた。

「……陶蓮珠殿。再びお会いできるとは、我が国は鳳凰の加護をまだ完全に失ってはいなかったようだ」

どういう感想だろうか。多少の疑問を抱きつつ、近況を確認する。

「お久しぶりです。……その、落ち着きましたか？」

華国の惨状は、港を見るだけで察することができる。それでも尋ねたのは。鄒煌自身の心の問題が気になっていたからだ。鄒煌は、あの華王を本気で慕っていた数少ない人物であり、その死を本当に悼んでいたから。

「いや、ご覧のとおりです。このような国の状態をお見せするのは心苦しいですが」

やはり通じなかったようだ。蓮珠は少しだけ迷って、それでも踏み込んで尋ねた。

「いえ。……鄒煌殿のお心は落ち着きましたか？」

翔央や真永を前に緊張していた鄒煌だったが、蓮珠の問いを理解し、ようやく頬を緩めた。

「……ありがとうございます。かなり落ち着いたと思っております。いまは、己のするべきことに集中することが重要であると理解しておりますので」

目の前の仕事があるというところか。蓮珠にもわかる。目の前の仕事に集中することで、ようやく正気を保てる。そういう時間がある。

「皆様は、なぜここに？　この状況の華に遊びにいらしたわけがないと思いますが……？」

疑問は当然だろう。隣国の新皇帝が丞相と元軍師を従えて華国入りしたのだから。翔央がどれほど公式な訪問ではないと言っても、政治的な意図を考えずにはいられないだろう。

「あー、はい。そこそこの大所帯でお邪魔しております。お答えする前に確認ですが、現状の鄒煌殿は、どのようなお立場で？」

鄒煌は華王の側近だった。現状でどこかの勢力に属している可能性は高い。その場合は、こちらの新王擁立という目的を知られるわけにはいかない。

「予想通り、上級貴族たちは玉座を巡って潰し合いを続けています。私は中級貴族出身なので、逆にそれには巻き込まれずに済んでいます。同じように亡き御方に引き立てていただいた者たちで、地方機関側の政をせめて維持しようと動いています」

政からは離れていないが、玉座争いからは距離を置いているようだ。

「良いことだと思います。都府は往々にして第二の朝廷ですから」

蓮珠は、鄒煌の活動に賛同した。

「貴女にそう言ってもらえると、我々のやっていることが無駄ではないのだと励まされます。こんな時期ですが、なにかありましたら……」

鄒煌は、蓮珠に対しては実にやわらかな態度で接する。翔央に対しては、おそらくその外見がどうにも華王を思い出させるから、直視を避けている。そして……。

「それにしても、白鷺宮様だけではなく、そちらの方もご一緒というのは……」

鄒煌が蓮珠から真永に視線を移す。同時に笑みが消えた。逆に、真永は笑みを浮かべる。ある種、挑発的な笑みだ。蓮珠は鄒煌を宥めた。

「ええ。……なにせ大所帯ですから」

真永は、鄒煌にとって、良い印象のない人物であることは明らかだ。その想いは亡き華王のほうが強いだろうが、あの方は最終的に相先帝とだけ感情をぶつけ合って去っていたので、真永への悪感情は残っていないだろう。

つまり、鄒煌本人が真永に対して、思うところがあるのだ。護衛として押されっぱなしだった上に、公の場で王太子であることを明かした真永に格の違う強烈な威圧を見せつけられて、引き下がらざるをえなかった。

お互いに、いい再会ではないことは激しい緊張感からもわかる。

「お久しぶりですね。その節は、大変お世話になりました」

挨拶と同時に最初に動いたのは、真永だった。いつ構えたのか、真永は得物の鉄鞭《てつべん》を鄒煌にむかって水平に突き出した。

「真永さん!?」

思わず叫んだ蓮珠の前で、鄒煌が真永の鉄鞭を腰に下げていた剣で弾いた。

「……いったい、なにを？」

鄒煌が真永に問えば、彼は鉄鞭を構え直して、微笑んだ。

「陶家を襲撃し、我が主《あるじ》姉妹を怯《おび》えさせたことは大変罪深いことです。ですから、陶家家人として、きっちり対応させてもらおうと思いまして」

口調こそ穏やかだが、言っている内容も構えた鉄鞭も、まったく穏やかではない。むしろ、全力の殺気を感じる。

「……淩太子様。すでに家人ではないですし、そもそも本当の家人じゃないですよね？　あと、白瑶長公主様は怯えていなかった気がするのですが」

呆れているような口調の鄒煌の首筋を狙って、真永の新たな一撃が伸びる。打ちつけられる寸前に鄒煌が後ろに跳躍した。鉄鞭の軌道を腕一本でわずかにずらして避ける。

「……翠玉様の最大の恐怖は、姉君を傷つけられることだ。お前も、お前の元主も蓮珠様を嘆かせた。その件について、謝罪のひとつもないとは、まったく呆れるよりない。……それだけで理由は十分ではないかな？」

翠玉の恐怖の解釈は正しい。だが、これは正しくない衝突だ。蓮珠は頭痛がしてきた。頭痛の原因である真永は、まだ余裕のようだ。鉄鞭は、避けられたというより、避けられる程度に力加減して仕掛けているのかもしれない。

鄒煌もそれがわかったのだろう。手にした剣を構え直す彼は、武人の顔をしていた。真永を見据える目も鋭さを増す。

「先ほど蓮珠様は私を気遣ったお言葉をかけてくださった。蓮珠様は、私に謝罪を求めてなどいない。……陶家の家人は主の意向に逆らうのか？」

そうだけど、そうじゃない。自宅を強襲されたことは腹立たしかったし、そのことに関して許したわけではない。ただ、その件で謝罪すべきは命令を下した華王であって、鄒煌ではない。しかも、華王はすでに崩御された。まあ、存命であっても謝罪なんて絶対にならないだろうが。とにかくあの件に関して、力ずくで謝罪を求めているわけではない。などと考えている間にも、真永と鄒煌は二度、三度と打ち合っては距離をとる。

「こ、事が大きくなったら、凌国と華国で開戦じゃないですか……」

いまの真永は陶家の家人ではない、凌国の王太子だ。鄒煌だって華王個人の護衛ではない。官服をまとった華国の官吏だ。港の端で人目を集めずにやり合っているに留まればいいが、人が集まってきては、国同士の争いとして騒がれる可能性だってある。

蓮珠としては焦るこの状況で、二人の打ち合いを止めることなく眺めていた翔央が、気がついたように呟く。

「これは……、もしや、蓮珠の心のありようを巡る争いということか？　ここは俺も参戦すべきだろうか？」

参戦意欲を口にしながら、翔央は自身の得物である棍杖《こんじょう》の握りを繰り返し確かめる。

「そわそわしないでください！」

翔央は止めてくれそうにない。皇帝が止めない方針であれば、李洸や張折も動かない。これは対立のネタにされている蓮珠が止めにいくよりないのだ。

「や、やめましょう。鄒煌殿も真永殿も！」

ここには、大陸南部の血筋が多く、蓮珠だけが埋もれる身長差だ。ようやく二人は半歩距離をとったが、人の谷間から見上げる蓮珠としては、あと三歩は下がってほしかった。

ここで、それまで静観していた翔央が鄒煌に声をかけた。

「鄒煌殿。我々も華国の現状を憂えている。こちらこそ、できることがあれば、手伝わせてほしい。陣頭指揮を執ることに慣れている者も居るから、使ってやってくれ」

翔央が李洸と張折を示すと、鄒煌の頬のあたりが少し緩む。剣を下ろし、翔央の前に跪礼する。人が居ても、指揮できる者がいなければ、計画的な作業というのは滞る。だが、荒れた国の立て直しには計画性が必須である。

「なにからどう手を付けていいのかわからない状態だったので、ご指導いただければありがたいです。有能で知られる相国官吏の中でも、丞相様にお力添えをいただけることなど、やはり鳳凰の加護としか……」

興奮気味に言っていた鄒煌が急に黙った。

「ああ、そういうことですか。……皆様は凌国側からいらしたのですね？　そう言われれば、威国側を回って凌国側に至る話をされていましたね」

凌国側から来た。そのことが鄒煌の中に一つの答えを浮かび上がらせたようだ。さすがに政の中枢にいただけのことはある。

鄒煌が改めて真永を見据える。

「凌国の考えは聞いておりますよ。新王を押し付けようとしているそうで？　余計なお世話です。凌王は我が国を属国にしたおつもりか？」

誰もが自身の居る場所に矜持《きょうじ》を持っている。自国内での政争の結果であるならばともかく、他国の為政者からの押し付けに憤りを感じることは当たり前だろう。

凌王はそのあたりの華国の民の感情をどうお考えなのだろうか。蓮珠がそれを考える間もなく、凌王の代弁者である真永が答えた。

「属国だなんて思っていませんよ。むしろ、しっかり自立していただきたいと、心の底から思っていますけど？」

煽《あお》っている気がしなくもない。蓮珠は、翔央を振り返った。だが、翔央は軽く首を横に振るだけで、二人の対話を切ろうとはしない。この二人がぶつかるのは、今後華国内で動くのに不利ではないだろうか。

「自立しろと言うなら、口出しはしないでいただきたいのですが？」

鄒煌が頬のあたりを引きつらせている。

「華国が自力で自立できそうにないから、国内が落ち着くまでの間、手を貸しますという提案に過ぎませんよ」

凌国の目的を考えれば、真永の言っていることに嘘はない。

「また近くなっていますよ、お二人とも？」

「大丈夫ですよ、蓮珠殿。他国の王太子であることは理解しました。腹立たしいので口は出しますが、もう手が出ることはありません」

言っている内容が不敬の塊で、手が出ているのと変わらない気がする。

「そうですか。では、陶家の元家人という肩書であれば、私が勝負を申し込むことも可能ですかね？　……まあ、手を出したところで、貴方では、ね」

珍しく、真永が武人としての強さを前面に出す発言をする。これに対して、鄒煌がゆっくりと構えをとる。

「そちらがその気なら、俺も先ほどとは違って遠慮はしませんよ。以前とは異なり、守るべき方はなく、周囲を気にする必要もない身ですから」

ようやくわかった。この二人、単純に腕試しがしたいだけだ。どうりで、翔央が本気で止めてくれないわけだ。

「そのへんでおやめください、お二人とも！」

蓮珠が呆れ声で止めると、援護が意外な人物から入った。

「蓮珠殿が困っていらっしゃいますよ。そのあたりで終わりにしましょう」

朱景が前に出た。傍らに立ったその長身を蓮珠は見上げた。

「……朱景殿。ありがとうございます」

朱景の登場に、真永よりも鄒煌のほうが強く反応を示した。その目が朱景に釘付けになる。

「……『朱景』？　なぜ、あなたが、ここに？　いや、それ以前に、そのお姿は……」

どうやら鄒煌は、朱景が榴花公主の侍女だった頃を知っているようだ。

「鄒煌殿は、朱景殿をご存じなのか？」

遠目に鄒煌と真永のやり取りを眺めていた翔央が、急に前に出てくる。

「お会いしたのは、一度だけだったと記憶しております。相国に向かう前に、御前にて榴花様の侍女としてご挨拶を」

答えたのは、鄒煌ではなく朱景だった。その上で、大陸南部出身にしては少し低い身長で、鄒煌の顔を下から見上げる。

「それなのに、よくわかりましたね？」

蓮珠も朱景は見違えたと思う。榴花の侍女としての朱景は、それが自然に見えるほど、身長は今よりも低く、体格は細く中性的だった。同一人物に見えるわけがないのだ。

「……お二人が行方知れずになったのち、国内調査を行なったのは私でした」

鄒煌は慎重にそれを口にした。

「朱景殿が男性であることは報告が上がっていましたので、出自の調査もいたしました。朱家の御子息であることも知っております」

ほんの一瞬、朱景が蓮珠を見た。華王は、蓮珠が朱家を出て相国の民になった朱黎明《しゅれいめい》の娘であることに気づいていた。当然、そのことを鄒煌も知っている。

蓮珠は続く鄒煌の言葉を待って息を飲みこんだ。朱景と二人で選択して、切ったはずの血縁が、ここで再び結ばれてしまった気になる。だが、鄒煌の続く言葉を制するように、朱景が非の打ちどころのない笑みを浮かべて、切り捨てた。

「それは、よくたどり着けましたね。もっとも、今となっては、そのことに意味はない。華国に朱家はなく、私も華国の民ではなくなったのですから」

朱家の存在自体が華国にとって意味がないことを強調する。自身と同時に蓮珠もまた無関係であると言ってくれているのだ。蓮珠は小さく息を吐いた。が、すぐに息を詰めることになる。

「鄒煌。どうした?」

同僚と思われる官吏が三人、こちらに歩み寄ってくる。

「鄒煌殿。いつまでも我々にかまってばかりでは、永夏港の治安が乱れる一方だ。しばらく華国に滞在する。これ以上は、また後程にしよう」

すぐに翔央が全体に移動を促す。この場の最上位は、相国皇帝である翔央だ。同僚が来るとしても、鄒煌は道を譲るよりない。

道を譲った鄒煌だったが、朱景が前を通る時、下げていた頭を上げると問いかけてきた。

「朱景殿。……榴花公主様とご一緒か？」

翔央を止めることができなくても、朱景は止められるということらしい。

思わず蓮珠も足を止める。朱景の回答が気になった。

「榴花公主様？　榴花公主様がお戻りになるのか？」

朱景より先に歩み寄ってきた官吏が、少し興奮気味に鄒煌に確かめる。

「……それを確認しようとしているんだ」

同僚を制して、鄒煌が朱景を見下ろす。

「榴花公主様がお戻りになるという話であるなら、たとえそれが凌の提案であっても、受ける価値があると我々は考えている。今玉座を争う誰よりも継承位が高いのだから」

朱景が鼻先で笑い、鄒煌を睨み上げる。

「継承位が高い？　……あの方には後ろ盾がなく離宮に閉じ込められておりましたが？」

それは榴花を王とする際の致命的な弱点であり、朱景からすれば榴花を王にしないための最大の理由と言えた。朱景は、華国の貴族主義を理解している。後ろ盾のない王が玉座に就くことは、この華国において前例がないとも言っていた。

だが、鄒煌は真剣な顔で朱景に提案した。

「朱景殿が居る。朱家の閉門は、新王即位の恩赦で取り消しになさってはどうか？」

朱家は華王朝の初期から存在する重臣の家だった。華王が朱黎明への恨みという私情を大半の理由にして潰しただけで、朱家に過失はなかった。

「いや、そもそも朱家の閉門は失策。新王即位よりも先に再興されるべきだ！」

だから、鄒煌の同僚がそう主張することにも、納得はする。

だが、彼らはただ一点、まったく理解できていないことがある。

「そうなれば……朱家を後ろ盾にした新王が立つ。これであれば、誰も文句は言えないだろう」

「そうだ。そうすれば、華国は……続く！」

沸き立つ官吏たちに悪意はない。榴花を利用するという思惑もない。ただ純粋に、この傾くばかりの国を立て直すために、榴花の即位を望み、その後ろ盾となる朱家の再興を願っている。

それが、榴花や朱景の望むところではないなんて考えもしない。彼らは思っている。王位に就く位置に生まれたのであれば、誰しも王位に就くことを望んでいて、場が整えば、自ら玉座に歩み寄ってくるものなのだと。

　この点が、朱景の心情と大きくすれ違っている。

「申し訳ないが、皆勘違いしているようだ」

　翔央が低くよく通る声で、鄒煌たちを黙らせる。

「俺は伯父上の陵墓に行く予定で華国に来た。……こちらの件もあって、伯父上との別れが十分ではなかったからな。朱景は、華国内の案内をさせるために威国から連れてきただけだ。くだらんことで、いつまで俺を足止めすれば気がすむ？　それとも、都合のいい話だけを推し進めるのが華国の流儀か？」

　翔央が鄒煌たちをひと睨みしてから、踵を返す。

　翔央はあえて『殿』を抜き、朱景を自身の配下に組み込んでこの場を離れることにしたようだ。

「皆、行くぞ。朱景、お前は案内役なのだから、我々を先導しろ」

「御意」

　瞬時に翔央の意図を理解して、朱景は鄒煌に対して拱手《きょうしゅ》した。

「……榴花様とは、今は離れて行動しておりますが、かつてと変わらず、共に居ります。

その共に居るべきは、この国のどこにもない。……我々の心はここにない。そのことをお忘れなく」

顔を上げた朱景は、鄒煌にそれだけを口にして、現状を語ることなく歩き出した。

「……蓮珠。当初の予定どおり、榴花離宮に向かう。お前も遅れるな」

「はい」

翔央に促されて、蓮珠も歩きだす。鄒煌たちは、それを止めることはなかったが、背中に強い視線を感じる。

平静を装わねばならない。彼らに足を止められることがないように、ごく自然にこの場を離れなければ。蓮珠は、己にそれを言い聞かせ、新人官吏のようなぎくしゃくした動きで歩を進めた。

「表情が硬いぞ。企てがあると疑われる。いまは隠しておけ。まだ、そこまで危機的状況ではない」

翔央が笑う。蓮珠は両手で頬を覆って緩めると、皇后の身代わりで身に付けたやわらかな笑みを浮かべてみせた。

「わかりました。翔央様の判断にお任せします。……永夏を出るその時は、心から笑っていたいですね」

「ああ、あとは任せておけ。きっと皆と共に心から笑って華国を出られる。……そのために来たのだから」

その横顔は、遠くを見ている。きっとこの国でどう動くかを考えている。いまの翔央は視点が違う。

鄒煌たちが追いかけてこなくて、本当に良かった。

いまの翔央の横顔を見たなら、王の器に気づかれてしまうから。

朱景の案内でたどり着いたのは、榴花離宮がある華王室所有の庭園・榴花園だった。少年期の朱景が榴花と出会い、その後、長い時間を共に過ごした離宮である。

「予想以上にボロボロです。すぐに離宮を整えます」

離宮の侍女だった頃を思い出したか、朱景が到着すぐに掃除に着手しようとする。

「お手伝いいたしますよ」

真永が掃除に参加する意思を見せると、朱景が幾度も首を横に振った。

「大丈夫です、朱景殿。王太子様は、相滞在中、うちの家人だったから」

掃除の腕前が申し分なくあるのでそう言ったのだが、朱景はますます首を振る。

「王太子様が家人とか、どこも大丈夫に聞こえませんから！」

双方が掃除用具を握り合う状態に、翔央が間に入る。

「皆でやればいい。そのほうが早い。秋徳。朱景殿と方針を決めろ。そのあとで俺たちを働かせるんだ。李洸、張折。お前たちも手を動かす側で参加だ」

蓮珠などは、指名なしで参加決定である。

「畏まりました。朱景殿、こうなると我が主は頑固なので覚悟決めてやっちゃいましょう」

翔央まで掃除をはじめれば、朱景も止めようなく、全員で掃除をすることに決定した。

「早晩、誰かがこの離宮を訪ねてくるだろう。客を通す場所から優先的に整えよう。真永殿、申し訳ないが秋徳と共に貴人を迎える用意の確認もしてくれるか？　茶器がそろっていないと話にならないだろうから」

高大民族にとって、もてなしは茶に始まる。まともな茶が出せないというのは、主の品格を疑われるほどの問題になる。特に貴族文化が浸透している華国ではその傾向が強い。重視される分、接待する側も格が要求される。客の案内役とお茶を出す役では、後者を高く設定する。

「翠玉と榴花殿のことを考えて、紅玉と魏嗣は凌に残してきたからな、ここは秋徳と真永殿に茶関連の準備を任せるよりない」

朱景が歩み出た。

「私がやります」

「いや。……先ほどの話で行けば、ここに朱景殿を訪ねてくる者も出てくる。朱景殿には客を迎える側になってもらわねばならないからな」

翔央が手近の椅子に腰かけて、天井を見上げて口元に手をやる。考えごとをしている。秋徳の負荷を気にしているのだろう。現状では秋徳一人で、榴花離宮内を整え、貴人の装いを正し、客人を案内し、裏側の雑事全般を担うことになっている。

「主上。では、わたしが」

蓮珠は進み出て、翔央の前に跪礼した。だが、翔央は天井から視線を蓮珠に下ろすと、やわらかな笑みを浮かべた。

「蓮珠は礼部《れいぶ》での知識と経験のすべてをつぎ込んで、俺と李洸を対華国外交に耐えられる状態にしてくれ。頼りにしているぞ」

官吏として、翔央に頼られるなんて、奮い立つではないか。

「はい！」

誇らしさに勢いよく返事したところで、翔央が笑みを向ける方向を張折に変える。

「それでですね、張折先生。ご自身のためならうまい茶が入れられると、春礼《しゅんれい》先生から聞いたことがあります。……応用できますよね？　先生ほどの方が、物事の応用ができないなんてことないですから、うまい茶を客人に出せますよね」

凌国からの一団は七名しかいないのに、相国皇帝と凌国王太子を擁し、そこに相国丞相もいる。実に一団の半数が国内でも高位の貴人である。朱景は華王室の元重臣の朱家の遺児で、今回は客人を迎える立場になる可能性が高い。ゆえに、雑事を担当できるのが、秋徳以外だと、張折か蓮珠のどちらかになる。その状況にあって、先に蓮珠指名の仕事が決定したわけで、必然的に張折が雑務を担当する流れになる。

「……いい性格になってきたじゃねえか？」

張折が渋面を作る。翔央が改めて笑みを作る。

「できるってことですね。頼みますよ、先生。……それで、李洸。お前は俺と真永殿、朱景殿と訪問者の間に入れよ。どう話題を転がすかは、お前の判断に任せる」

翔央は決定を下してから、椅子を立った。

「少し一人で考えたい。それぞれ、動いておいてくれ」

その背を見送り、蓮珠は李洸のほうを見た。

「お言葉に従いましょう。……まだ、お立場相応に振る舞うことに慣れていらっしゃらないから、必要以上に疲れてしまうのだと思います」

李洸は静かな声で言うと、応接室の椅子などの位置調整を始める。

「……立場に慣れない、ですか？」

あれだけ身代わりをしていたのに？　叡明は冬来を伴い急に栄秋を出ていってしまう悪癖持ちだったから、引継ぎがあるわけでもなく、急な問題に翔央は自身で判断を下していた。それでも、慣れていないというのか。

「身代わりというのは、最終的に自分の名で責任をとることはありませんから。翔央様が翔央様として責任を持って判断を下すことには、まだ慣れていらっしゃらないんですよ」

自分の名で責任をとる。その言葉が蓮珠の腹の底に突き刺さる。

蓮珠もまた皇后冬来の身代わりとしてたくさんの判断をしたが、李洸の言うとおり、蓮珠としてではなく、皇后として考えて判断していた。考えるための材料は、蓮珠が蓄積してきた知識だったが、誰の名のもとの言動だったのかを問われれば、「皇后の身代わりですから」と言っていただろう。

「あの方が繰り返す自問自答の時間を邪魔してはいけません。……迷った時、丞相として献策はいたしますが、最後の判断はあの方がしなければなりません。大陸史上、稀《まれ》に見る官吏至上主義とまで言われる相国であっても、皇帝という位置づけを最高位に置いている以上、あの方は思考を尽くし、決めることを放棄できない」

それが玉座の重みなのだ。

「怖いですね。……私はいずれその立場に昇る」

真永はそう呟くと、朱景のほうを見た。

「そして、この国は、いまその責任を伴う最後の判断を下す者が誰もいない」

誰も責任をとる決断ができない華国の現状を、蓮珠たちは永夏港で見た。

「この国に必要なのは、この国の未来に責任を持てる王ですね。そのためにも、次の華王は、自国の政に興味を持つ者のほうがいいでしょう。そうでなければ、とてもじゃないですが務まりませんよ……いや、務めさせるわけにいかない。彼女を華国に渡すものか」

最後は小さな呟きになっていたが、蓮珠には聞こえてしまった。

真永は、凌王から政を学ぶ仕上げとして華国行きを命じられた。断ることもできなくはなかっただろうが、真永は華国行きを了承した。政を学ぶためは表向きだ。真永の真の目的は、いま言ったように、翠玉を新王候補から外すためだ。最後の呟きの前に言っていたことだって、新王となるべきは翠玉ではないと言いたいだけだ。

「ある意味、政争中の方々は自国の政に興味をお持ちだとは思いますが……、未来に責任を持っていただける誰かが居るでしょうか？」

真永が先ほど言ったように、華国の政の中枢は、玉座を取り合うばかりで判断する誰かが居ないのだろう。

　政で踏みとどまろうとするのは、鄒煌たち、下級貴族であり、現状の華国では政から遠ざけられた存在である。

「おいおい。その誰かに玉座を託すために、俺たちはここにいるんだぜ？　居てもらわなければ困るだろう」

　張折の問う言葉に、蓮珠は頷いた。

　蓮珠は蓮珠の名で、その『誰か』を決め、託すことになるのだ。

　唐突に悟る。ああ、これが自分で決めねばならないことの怖さなのだと。

　叡明の手紙が、凌王の王命が、蓮珠の前に強制的な選択肢を撒き散らす。

「なんて厄介な……」

　厄介ごとのほうから、自分に向かってくるのだと。

　故郷の邑を出る時、翠玉と居ることを選んだ時、身代わりとして選択してきた言動。どれも、与えられた状況で『反応した』に過ぎなかったのかもしれない。同時に、選択を状況のせいにしていた気がする。でも、そんなことは、本質的問題から目を逸らし、向き合うことを避けていただけのことだ。

「陶蓮。自覚したなら、頼むから自重してくれよ。お前が呼び込む厄介ごとは、特別に人を悩ませるからな」

張折が蓮珠を見下ろしている。口調の軽さとは裏腹に、その目は冷たい。いつものように、厄介ごとのほうから……と返すことはできなかった。

第六章

載舟覆舟

〔さいしゅうふくしゅう〕

榴花園を訪ねてきた最初の客人は、鄒煌たちだった。

「上級貴族と呼ばれる者たちからすれば、俺たちは怪しげな集団でしかない。まずは様子見するだろうから、訪問者第一号が鄒煌殿たちであることは納得だ」

公式では、永夏の治安維持が彼らの職掌となっているそうだ。そこに治安を維持するために庶民の生活を安定させる雑務が多岐に亘って加わり、実質的な永夏府そのものとして機能している。

「鄒煌殿。俺としては港で話はついたと考えている。にもかかわらず、ここにいらしたことについては納得がいかないな。それも、朱景殿ではなく、俺を指定で訪ねてくるとは。どういうつもりか？」

翔央はこの場の主人として最奥の椅子に座って、一段低い場に置かれた椅子に座る鄒煌たちを見下ろしていた。

「……近く、禅譲なさると伺っておりました。そちら、お変わりはなく？」

鄒煌の表情は張りつめていた。

「そうか。位を降りる者だから、遠慮なく頼みごとをしにきたということか？」

翔央は笑みを浮かべてから、李洸に『帰らせろ』と短く言って椅子を立った。

「お待ちください、白鷺宮様！　どうか、華国を御救いください！」

縋《すが》りつくような鄒煌の叫びに、翔央が再び椅子に腰を下ろす。

「……救う？」

「御身は、華王陛下に連なるお血筋にございます。政を御することも可能です」

決定的な言葉を口にすることなく、鄒煌の訴えは続く。

ずるいやり方だ。でも、正しくもある。鄒煌たち中級貴族では、隣国の国主を相手に交渉すること自体が許されていない。身分が違いすぎるからだ。永夏港では、こちらも相国皇帝として構えを前面に出すことはしなかった。だが、いまは榴花園に拠点を置き、相国皇帝として客人を迎えるよう整えたあとだ。この状況で、鄒煌たちにできるのは、庶民のように陳情する。それが限界だ。

「……ふん。相国皇帝として失業したら、華王になれということか」

彼らが直截《ちょくせつ》的な言葉で口にできない願いを、翔央が自身の言葉として口にする。荒っぽく、投げやりな言い方をしているのは、おそらく鄒煌たちへの気遣いだ。隣国の皇帝に、自国の王としての即位を求める行為は、売国の罪を問われかねない。翔央が彼らの陳情を受け入れず、聞かなかった話にするよりない。

「白鷺宮様。いえ、相国皇帝陛下に申し上げます。我々は覚悟を持って、ここに参りました。もうこの国に残された時間はわずかです！　どうか華国をお救いください」

鄒煌たちはそろって椅子を降りると、その場で翔央に向かって跪礼した。

跪礼は臣下の礼だ。華国の政にかかわる身でありながら、相国皇帝の前に膝を折ったということは、彼らの覚悟を示していた。

だが、翔央は力の抜けた表情で、傍らの李洸に問う。

「李洸。……国主って再就職があるのか？　あるいは、臨時雇用契約が可能なのか？」

この人は、何を言い出すんだろうか。国主の地位を、そんなちょっとした軽作業に従事するかのように言わないでいただきたい。

「さあ、聞いたことはないですね。叡明様でも聞いたことがなかったのでは？」

李洸は李洸で、翔央のこういう発言というか発想というかに、最近では慣れてきているから、回答もあっさりとしている。

「じゃあ、今後もないな」

我が国の主上の、丞相への信頼度は高い。李洸の回答からすぐに翔央は判断を下す。

「時間がないならなおさら他を当たってくれ。こちらは、逆に禅譲に時間がかかりそうなのでな。……仮とは言え、相国の国主をしている身だ。それさえも重いと言うのに、二つの玉座に就くなど、俺の器ではない」

我が国の主上の、自身への信頼度は低いままだ。

うな垂れる鄒煌たちを見つめていた翔央は、小さくため息をついた。

「ただ、伯父上の不始末の尻ぬぐいぐらいはすべきだろう。……李洸、張折、あと蓮珠も」

翔央の声掛けに顔を上げる。

「はい」

お茶出しの張折も手を止めた。

「永夏府に知識を貸してやれ。相国官吏の能力を存分に発揮してほしい」

やわらかな声音に慈悲がにじむ。新王を受けないからと言って、翔央が冷たいわけではない。彼は華国の民のことも考えている。ただそれ以上に、相国の皇帝として相国の民を優先しているのだ。

「御意」

蓮珠は李洸、張折に合わせて、翔央の前に跪礼した。その時、近かった鄒煌の呟きが、聞こえた。

「……ご自身がどう思っておられようとも、この方こそが王の器だな。うらやましいことだ。王を戴けるというのは」

その羨望には、光り輝く存在への畏敬があった。

李洸は改革の始めに、国政は一旦横に置いておくことを提案した。

「地方の部署を整えましょう。最低限の機能さえ復活すれば、それだけで民はひとまず安心しますから」

玉座からどうにかしようと考えている、上のほうの貴族ではできないことからやるという話である。

「その実現は、中央を整えながら、地方への連絡経路を確立することから始めるべきですね。地方の荒廃は、中央とのつながりが絶たれたことに起因します。中央の目が正しく地方に届く、ただそれだけで地方が荒れることはなくなるものですよ」

李洸が華国側に最初に要求したのは、紙と筆だった。華国も紙の生産が多いので、凌とは異なり、遠慮なく用意してもらう方針のようだ。

「まあ、いまは荒れないことが優先だ。改善に持っていく段階に入ったら、中央とは適度な距離感が必要になるんだけどな」

張折が言うと、李洸が用意してもらった筆と紙で組織系図を書き始める。

「我々にできる手助けは最低限です。……我々は相国の官吏ですから、最終的に相国に合ったやり方しかお教えすることができませんしね。それでも最低限の政は共通点が多いから多少のお役には立てるでしょう」

　丞相という上位から全体を見ている李洸の組織系図は細やかだった。蓮珠は下級官吏時代には、地方機関こそ経験しなかったが、窓口業務の経験はある。きれいな字で書かれた組織系図は、見た目に整っているが、実際のところは各部署の力関係は異なるため、書かれたすべての部署を用意しなければならないというわけではない。そんなことを考えながら組織系図を見ていた蓮珠の横で、同じく図を見下ろしていた張折が小さく唸る。

「なあ、陶蓮。おまえさんの水害対策部署での知識が役立つんじゃないか？」

　元上司の言葉に、蓮珠は遠慮なく頷いた。

「そうですね。……水害で街が一つ沈んだところからの復興計画は学んでいますし、実績もあります。地方機関に最低限必要なものと、どこを兼任させるかは街の規模を教えていただければ、それに合わせてご提案いたします」

　玉座の傍らから国を見ていた李洸では、見えないものがある。荒れてしまった地方機関は人も物もない。細かく分かれた役職は置けない。蓮珠は街の規模ごとにどう調整すると教えられてきたかを思い出しながら鄒煌たちを見た。

「いえ、それは時間がかかります。一例示していただければそれを各街に配布して……」

　鄒煌の斜め後ろから、声が割って入る。さすが、あの華王の側近だった人物。

蓮珠は、発言者の続く言葉を制した。

「早く中央の件に集中したいのはわかります。ですが、ここは李丞相の計画に従ってください。ほかが中央に集中し、地方機関とのつながりが希薄になっているとお見受けします。そうなると、都から離れた邑などでは、都で想定しているよりもかなり荒れているでしょう。民をないがしろにしては、国が成り立ちませんよ」

相国は官僚主義であり、そのため国をまとめて主導するのは皇帝であっても、国を支えているのは、民であるという考えが強い。民無くして、国は国として成り立たない。

見れば、鄒煌たちが呆然としている。華国は、相国と異なり女性官吏はいない。科挙（官吏任用試験）はなく、貴族令息のみが政の道に入ることを許される国だった。女性である蓮珠が政の話をしていることがまず珍しい。

華王と相国の朝堂でやりあった際には、蓮珠が政の話をすることはなかった。元官吏だとはわかっていても、官吏人生十年超えの相国官吏がどれだけ経験を積んでいるかは感覚として理解できないのだ。

蓮珠は小さくため息をついてから口調をやわらかくした。

「……とはいえ、地方の再興は、全部を平等には扱えません。基本は交通・物流の要所となる大きな街から始めます。都から見て手前から奥へと復興を広げるんです。より多くの物資を末端まで届けるためには、大きな街道、大きな運河から始めるほうがいい。最終的にそのほうが末端まで早く物資を届けられるようになるんです」

相国側にできるのは提案だけだ。実際に動くことができるのは、鄒煌たち自身である。その考えは、李洸とも共有できているようだ。

「華国の領内でどこの復興を優先するかなどは、華国の方々にしかわかりませんよ」

糸目丞相の笑顔の圧は、時として皇帝より怖い。鄒煌たちがビクッと大きく体を震わせている。

「復興の優先は、我々的には貿易港ですが、それは相国にとって都合がいいだけのものです。この国を立て直すことができるのは、これから先もこの国を生きるあなた方だけですよ。……復興計画書、お待ちしていますね」

李洸の言葉は、話切り上げの合図だった。本日のお茶出し担当の張折が、鄒煌たちに立つよう促す。彼らを引き継いだ秋徳の先導で、応接室から鄒煌たちが去ると蓮珠は肩の力を一気に抜いた。

蓮珠の今日の役目は、外交儀礼を確認、都度修正をしながら交渉を進める官吏として、この場に同席することだった。

提案もできた。一応役目を果たせた。客人が去った、安堵に肩の力が抜けきった蓮珠を、翔央がじっと見てくる。

「……どうなさいました？」

「やはり、仕事をしているときの蓮珠はいい顔をするな、と思ってな」

そういう翔央は、相国の官吏が褒められると自慢気な顔をすることに自覚があるのだろうか。翔央は、相国を愛している。たぶん、そこが叡明と翔央の差だ。叡明は相国を愛してはいなかった。ごく身近な人々を愛し、大事にした人だった。

「仕事中毒だとおっしゃりたいんでしょう？　わたしにとっては、褒め言葉ですから」

拗《す》ねた顔をごまかして視線を避ける。

蓮珠は、今回の華国行きで改めて気づかされた。皇帝という御位に相応しいあらゆる気質を持っていたのは、叡明ではなく翔央のほうだったということに。

そのことを怖いと思った。翔央が、自分とは違う生き物になった気がする。凌王にも感じた底知れぬ存在になってしまったような。

「主上。どうなさいました？」

李洸のその声で蓮珠は振り返る。翔央は考えごとをしていた。

「いや。……楚秋は、うまく回っているだろうか。この国の様子を見ていると、どうにも気になってくる。遷都の準備が十分でなかったことは認めざるを得ないからな」

ここからはあまりにも遠い楚秋。龍義の攻撃を避けるために都の機能を移した、相国最後の砦《とりで》である。その楚秋で、皇帝不在が続く今、政がうまく回っているかが気になるという発言が、皇帝の思考に思えた。華国側との話を終えてすぐに思考を自国に切り替えるのだから。

「……お調べいたしましょうか？」

李洸は笑みを浮かべていた。蓮珠とは異なり、李洸は翔央の中の皇帝の資質を見出すたびに嬉しいと思うのだろう。

「いやいや。そこに人を割けないだろう」

翔央が人員を理由に断ると、客人を見送って戻ってきた張折がニカっと笑った。

「確かに人は割けませんが、やりようはございますよ」

言って、軽く指笛を鳴らす。その音に応じて室内に入ってきたのは、一羽の隼《はやぶさ》だった。

「白翼《はくよく》くん！」

張折が伝書鳥として主に行部との連絡用に飼っている隼だ。

「白翼くんなら信頼できますね。行部のみんなは元気でしょうか？」

「おいおい。凌国内ほどじゃないが、ここからでも楚秋は距離があるから、要求する情報自体を最低限ですむような質問を投げろよ。『そっちはどうだ？』みたいなのはやめろよ。

こっちの質問がどれほど短くても回答が長くなる質問は避けるべきだ」

張折が蓮珠に釘を刺してきた。

「…………ここは……主上にお願いしたく」

蓮珠はどうやっても文章が長くなるものしか思い浮かばない。聞きたい事なんて、山ほどあるのだから。

「これ、受け取るのは行部の者か？」

蓮珠から紙と筆を受け取った翔央が、張折に確認する。

「そうなりますね」

張折の回答に、翔央が少し考えて決める。

「どううまく質問を投げても、黎令《れいりょう》に返事させると長くなる。何禅《かぜん》を指定で質問しよう。各業務の稼働率を問えば、うまく返してくるだろう」

黎令が聞いたら、長々と嘆きを述べるだろうが、何禅に数値で返してもらうというのは、さすがのお考えだ。それであれば、最小限の文言で最大量の情報を得られる。

「何禅殿であれば、主上のご期待に応えますとも。……黎令殿が拗ねそうですけどね」

蓮珠が賛同を示すと、翔央が問う。

「蓮珠はなにか楚秋に問い合わせたいことはあるか？」

数字とはいえ、それなりの文字数にはなる。蓮珠は首を横に振った。

「……何禅殿の回答で足ります。皆が無事に仕事をしているのだとわかれば、わたしはそれで十分です」

翔央が頷くと、白翼に持たせる内容を李洸と張折に任せて応接室を出ていく。蓮珠もそれに従った。

「本当に良かったのか？　蓮珠も向こうのことは気になっているだろう？」

「李洸様と張折様がお考えになる内容であれば、知りたいことは十分に知ることができると思います。……それに、主上が目の前に居るから、そこまで不安はありません」

前を行く翔央が足を止めた。振り返った顔が驚いている。あまりにも皇帝らしからぬ顔に笑いと同時に安堵がこみあげる。

「……翔央様が無事であることが、わたしにとっては大事なことですから」

改めて想いを口にする。

「千秋殿に連れられて常春に入り、再会するまで、ただひたすらに不安でした。近しい人を、ある日突然失うことがあると、幾度となく刻みこまれた身です。きっと凌の王城に来てくださると信じていましたが、同時に二度と会えないのではと不安にもなりました。だからこそ、意地でも生きていようと必死でした」

その不安は翔央と再会して薄らいだから、口にすることがなかった。

「迎えに来てくれる貴方のために、生きていなければならないと、そう思ったんです」

皇帝としての翔央には、こうして顔を見て話すことなど許されないし、自分にそれを許せない。だが、いまの、自分がよく知る武官の郭華《かくか》の時に近い顔と空気をまとう彼にならば、臣下の礼をとらずに話してもいいのではないかと、そう自分に許してしまう。

「……楚秋の様子が気になると言いながら、何を問うかは李洸たち任せだ。俺もきっと同じだ。蓮珠が目の前に居るから、それだけで状況に安堵している。常春に着くまで、その無事を確認するまで、絶対に死ねないと思った。陸路を強行軍したつけは、常春に着いてから身体に来たけどな。城仕事が続いていたから鍛え直したい。……いざというときに、大事なものを守りたい想いに、ちゃんとついてくる身体でありたい。おまえが目の前にいないと、心と身体が離れてしまう感覚になる。俺が俺であるためにも、目の届くところに居てほしい」

不安はお互いの中にあって、本当の意味でそれが消えることはないだろう。自分たちは、置かれた状況と、見えないこれからに、いつも振り回されている。いつかそれらに抗うことさえできぬまま、引き離されるのではないか、と心のどこかで怯えている。

蓮珠は手をのばし、翔央の手を取った。蓮珠より大きく骨ばった右手を両手で包む。

「わたしは、手の届く距離がいいですね」

両手で包んでいたはずの右手にぐっと引き寄せられる。

「俺も、それがいいな。近くにいるのに、触れられないなんて耐えられないだろ」

初めて会ったその日、翔央のよく通る声に惹かれた。でも、いまは翔央の腕の中で聞く声が好きだ。ささやかな祈りを口にするような、静かで落ち着いた小さな声なのに、発声で身体がわずかに響く感じが、嘘偽りなく彼の全身から与えられている言葉なのだと思えるから。

郭翔央と共に居ること。そのことが、どれだけ贅沢《ぜいたく》なことかわかっている。

「貴方をお支えします。……支えるために、ちゃんと手が届く距離にいますから」

蓮珠を抱きしめる翔央の腕に、一瞬力が入る。力を入れ過ぎないようにすぐに力が抜ける。その一瞬に、翔央の本音が滲み出る。そのことに安堵する。まだ自分は、翔央の本音をぶつけてもらえる存在だということに。

鄒煌たちが榴花園を訪れたことで、少しずつ上級の貴族たちも榴花園を訪ねてくるようになった。必ずしも翔央を訪ねてくるわけではない。予想通り、朱景を訪ねてくる者も出てきている。その時は、相国側は表に出ない。そのため、華国同士の会談では、蓮珠がお茶出しを担当していた。

「今回も、朱景殿に主上とのつなぎを頼んできましたね。華国って相国を下に見ている印象が強いので、上級貴族が相国側を頼ろうとしていることが意外です」

客人が帰ったあとの片づけをしながら蓮珠は、若干疲れた様子の朱景に言ってみた。

現状を見ると、そうとも言えないだろうが、華国と言えば、高大帝国の流れを汲む文化一級国であるという矜持が強い。華国の上級貴族は、高大帝国時代末期の政争に敗れた者を太祖とするような相国は西方大国と呼ぶに値しないという態度を貫いてきた。

鄒煌たち中級貴族が頼ってくることはあっても、上級貴族は最後の最後まで相国側を頼ってこないのではないかという考えでいただけに意外だ。

「実際に白鷺宮様に拝謁した者からの話を聞いたようですね。まあ、お会いすれば、印象も変わりますよ。白鷺宮様は良き君主です」

自国の王を褒められて、嬉しくないわけがない。蓮珠は緩む頬を抑え込むために、朱景に尋ねてみた。

「朱景殿は、凌王はどのような王だとお考えですか？」

「……榴花様と貴女を攫わせた凌王を肯定することはありません。ですが、王らしい王だとは思います。平素の凌王はお見受けする限り、穏やかな気性と理知的な判断に乖離《かいり》のない印象を受けました。ただ、玉座に在る時は淩王の立場で物事を判断されるのでしょう。より冷徹で、より自国の有利を優先していらっしゃる。私にとっては他国の暴君ですが、淩国にとっては賢君なのでしょうね」

朱景は、言葉でいうほど熱くなってはおらず、淩王を冷静に見ていた。

「判断という話ですと、白鷺宮様は、あの御方のお心に沿った判断をなさいます。それは、時に相国の有利には働かないかもしれません。ただ、巡り巡って、相国を有利に導く力を有していると思いますよ」

「……ありがとうございます」

朱景の評価に、蓮珠は感謝を口にしていた。

朱景は華国の民であることを放棄した。では、威国の民としての今回の件と向き合っているのか。それは、蓮珠にもわからない。どこの民という意識もなしに、賛美されたとすれば、素直に嬉しい。

「ふふ。とてもいいですね。相国は官吏の発言力が強いのに、国主は国主として敬意を受けておいでだ。李洸殿、張折殿も有能ですね。その献策は常に正しい。白鷺宮様は、それを信頼し、採用される。ただし、採用したことの責任はしっかり自覚されている。けっして、おざなりに承認したわけではない」

朱景の見ている自分たちの関係性は、こちらが思っているよりも対等のようだ。

「改めて、相国がうらやましい。あのような御方を玉座に仰ぐのは、臣下の誉れではないでしょうか」

微笑みに、わずかな闇が覗く。華王は、先王時代の政の腐敗に加担した、多くの上級貴族を潰した。そこだけ聞けば、厳しくも清廉な王であったように思える。だが、なんの咎もなかった朱家をも潰した。朱景によれば、彼の父は華王の行き過ぎた粛清を諫《いさ》めるために登城し、そのまま戻らなかったという。

もし、あの華王でなかったなら、朱景はそう考えたことがあるのかもしれない。

だが、それでは朱景と榴花は出会えなかった。会ったとしても、重臣の家の子どもと公主だったはずだ。

過去は変えようもなく。その過去が今の自分を造り出した。なにかが一つでも違えば、今の自分はない。

それでも、心のどこかで思ってしまう。もし、あの人が華王でなかったなら……。

「なんだ、そんなところで二人して。玉座がどうとか……俺の噂話か？」

廊下の向こうから翔央が声を掛けてきた。後ろには郷煌を伴っている。例の復興計画書ができたのだろうか。

「悪口など申しておりませんよ」

華王の元側近である鄒煌の姿を見て、朱景は表情を穏やかなものに変えた。なにを察したか、翔央は朱景に軽い口調で返す。

「褒め言葉のすべてが、言われた当人にとって良いものとは限らないだろう？」

最後は蓮珠のほうに同意を求めてくる。

「それはそうですが」

翔央の言うこともわかる。ただ、それでも蓮珠は、朱景の翔央賛美は素直に受け取りたいと思うのだ。

「相皇帝陛下への褒め言葉に他意などありませんよ」

鄒煌が言うが、それこそが翔央からすれば、言われた当人にとって良いものとは限らないという好例のような気がした。

「李洸も言っていただろう？　華国を立て直せるのは華国の者だけだ。俺では無理だ。俺の願いは相国民五百万人の安寧なのだから」

鄒煌の言葉を軽くあしらい、翔央は鄒煌から受け取ったらしい紙の束を廊下の奥から歩み寄る李洸に差し出した。

「主上？」

話が把握できていない李洸に、翔央は説明することなく、ただ現状の誓いを口にした。

「別に仮皇帝だから願ったわけじゃない。武官の道を志した時から、俺は相国を守るために生きると誓いを立てていたんだ」

皇帝の自覚が誓わせたものではなく、もともと自分の中にあった誓いだと、鄒煌たちの言う皇帝らしさを否定する。

「で、実際、両肩に五百万人が乗っかった、と。願ったり叶ったりってやつですな」

張折は、翔央の意を酌んで、帝位が後から乗っかってきたのだと強調する。

「両肩どころか両手の指先まで重いけどな」

翔央が面倒そうに言うのを、李洸が笑みで受け止める。

「重圧を感じない国主よりは、臣下としてはありがたいですよ。玉座は気軽に腰かけていいものではありませんから」

「本当に手厳しいな我が国の臣下は」

翔央が軽く流すと、受け取った計画書の内容を確認する李洸がやり返す。

「相国は官吏の発言力が強いですから」

こういうやりとりが朱景には皇帝と臣下の距離が近いように見えるのだろう。

ただ、これは翔央と李洸、張折だからであって、相の官吏であればだれも彼もこの距離感というわけではないのだが。

「陶蓮。一人で距離感作ってんじゃねぇよ。計画書来たんだから、さっさと仕事しろ」

「……はい」

「蓮珠。華国の地図も用意してもらったから位置把握手伝うぞ」

翔央が地図を卓上に拡げる。身代わり時代の皇帝執務室では、よくある光景だったが、これには鄒煌たちはもちろん、朱景も呆然としていた。

張折がニヤついている。蓮珠も距離感がない側だったと改めて気づかされた。


蓮珠たちの助言で固めた復興計画に基づく鄒煌たち中級貴族層による行動で、徐々に国内の物流が回復していった。地方機関の最低限の機能回復を中心にした復興計画だったため、『都のお偉いさんが出張ってきて色々壊して去っていく』という地方災害復興で地元に反感を買うような施策はなく、地元の協力もあって予想より早く物事が動いた。これにより、傾くばかりの華国は、なんとか踏みとどまっている状態に移行した。

地方復興による物流の回復は、巡り巡って都の荒廃を止めることにつながった。このことが、中流貴族層の国政での発言力を高めた。また、彼らの裏に榴花園があるという話も広まり、榴花園への訪問者は、日々増えている。

ただ、誰もが自分たちと組んで玉座を……という野心というか下心をむき出しにしてくるので、こちらとしては話したいと思えない。

凌国内で後継者に関して意見が分かれたように、華国の上級貴族層も大きく三方向に野心の方向性がわかれていた。

「朱景殿への押しが強くなってきましたね」

一番多いのは、朱景を通じて榴花公主の新王即位を目論む派閥。その次には、朱家を再興し、王室重臣朱家を後ろ盾に自身が即位しようという者たち。ここは目的が目的なので、派閥を形成していない。最後に、二つを合わせた考えで、朱家を再興し、榴花公主の後ろ盾にすることで、榴花公主の即位を盤石のものにしようとする派閥だ。

ごく少数ではあるが、凌王の後ろ盾での即位を狙って真永に接近する者、華王の甥であることを理由に新王に……という意見もあるが、大勢は榴花公主と朱家をどう自分たちの側に取り込むかに集中していた。

「良くない流れですね」

地方復興計画の進み具合の一環として、都・永夏の回復について確認していた李洸が、調査報告に目を通してからため息をつく。

「ただ待っていても、華国の新王問題は解決しそうにありません。この国が傾くのを止めたのは大きな成果ですが、我々の目的は新王即位を見届け、凌国に戻り、さっさと解放されることです。……楚秋は大きく崩れていませんが、国主導でやらねばならない大規模な公共事業は、皇帝不在のため許可が下ろせず滞っています。本格的な秋が始まれば、冬への備えが必要になってきますから、なるべく早く動かねば」

珍しく李洸が言葉に疲労と焦りをにじませていた。それを耳にして、翔央が復興具合を書き込んでいた地図から顔を上げる。

「そうだな。地方復興は軌道に乗った。相国側で提供できる知識としては、もう十分だろう。李洸、張折。次の段階に動きたい。なにか策はあるか？」

方針切替えの機を即決した翔央に、張折が策というか方針を口にする。

「朱家の再興は、今後の発言力を手に入れるためにも受け入れていい話ではないかと考えているのですが、どう思います？」

張折の策は、現状で朱景を擁している陣営として、実現可能と思われるものだった。

「……そうですね。華国重臣の家の発言力は、周囲の思惑とは逆に、榴花殿を玉座から遠ざけることにも使えますから」

蓮珠は張折に賛同を示した。それに渦中の人である朱景も同意する。

「ええ。それは使えます。……私は、あの方を玉座の人形にするつもりはありません。最悪、私が玉座に就いてでも阻止してみせます。これ以上、皆さんを足止めすることは心苦しいですし」

朱景が決意を表情に出して言うこと以上に、その内容に驚いた。

「そんなことできるんですか？」

やや叫び声になった蓮珠の問いに、朱景は淡々と応じた。

「朱家を再興して後ろ盾にすれば、即位できると言ってくる上級貴族の話を聞いていて、朱家それ自体が王家になることも可能なのではないかと思ったんです。……朱家は華国の重臣でした。その血統は幾度も王家と交わっている貴族の中の貴族だったんです。……相国は貴族層を形成しないから感覚としてわかりにくいかもしれませんが、高位の貴族から王を出すことはあるんですよ」

蓮珠は、歴史にも詳しい張折を見た。

「結論だけ言えば、可能だ。そもそも上級貴族という存在は、王家で後継を出せない時に、王を出すために存在しているという側面がある。貴族層を形成しない相国じゃ有り得ない話だが、高位貴族にも継承順位が決められているはずだ。……朱景殿が言うとおりならば、朱家は元々が王を出せる家だったわけだ。……朱家を再興できれば、やってやれないことはないいな」

方針決定とでもいうのか、そこで話を終わらせて、朱景が部屋を出ていく。

あれを解決策のように言うことに腹立たしさを感じ、蓮珠は朱景を追って廊下に出ると、その袖をつかんで問う。

「……朱景殿が即位しても、榴花殿は喜ばないと思いますけど？」

榴花は、凌国で朱景が迎えに来るのを待っているだろう。朱景と一緒に居ない未来なんて、きっと彼女は考えていない。考えていないからこそ、凌国で待っていられる。

「時が来れば、適性のある人に譲りますよ。……少し離れているのは、今も同じです」

朱景の笑みは、すでに半ば諦めているような儚《はかな》さがある。その儚さが許せないと思った。

榴花は欠片も諦めていないのだから。

「黒龍河を船で下る途中、榴花殿は船から河に飛び込もうとしましたよ」

これは翔央たちにも言っていなかったことだ。朱景には特に言うべきではないと思っていた。凌国側の対応が杜撰だったようにも聞こえて、心証を悪くする。朱景を通じて黒公主の耳にでも入れれば、即刻威凌間で開戦となりかねない。

「なんて危ないことを……」

朱景が焦りにどこかに駆けだそうとして足を止める。目の前にいるわけではないのだ、駆け寄ろうとしても届くわけがないし、何ができるわけでもない。それでも、人として反応してしまう。その気持ちは蓮珠にもわかる。結局、何も諦められていない。強烈な未練が身体の中にあって、そのすべてが、わずかな希望にすがりついて、愚かな反応を示してしまうのだ。

「離れていることが、平気なわけがないじゃないですか。……わたしは、翔央様が目の前に居ても不安がぬぐえない」

言わなくてもいいかもしれないことでも、本音を隠すなと促すために口にした。

「わたしは目の前で、同じ顔、同じ声を持つ人が崖の向こうへ落ちていくのを見てしまった。手を伸ばせば届くほどの距離に居ても、失われる命がある。もう、離れられなくなりますよ」

記憶に押しつぶされそうな胸をぐっと抑えて、絞り出す声で言った蓮珠に、朱景が少し間を開けてから、ボソッと呟いた。

「……それでよく、榴花様と常春まで運ばれましたね」

怒っているのかもしれない。あるいは呆れているのか。ただ、その瞳からは儚さが消えている。

「再認識ですよ。……離れてから再会すると、もう一度離れるなんて無理だって、そう思うものなんです」

凌国で華国行きを提案された時、危険だと思ったから一旦は反対した。でも、強くは反対できなかった。それは、この再認識があったからだ。

「……朱景殿の場合、おそらく次に榴花殿に会った時に、それがわかりますよ。だって、お二人は威国で未来永劫一緒にいることができる道を得たんですから、きっともう離れられませんよ」

翔央と長く遠く離れるなんて、もう無理だと思う。でも、翔央に帝位にある器を見るたびに思い知らされる。この人は、帝位にあるべき人で、いずれどんな形であろうとも玉座に就くことになるだろう。その時がきたら、抗うまでもなく道は分かたれる。自分たちには、未来永劫一緒にいることができる道はない。

「なにもかもダメだというばかりではなく、別案を出せと凌王に言われました」

蓮珠が凌王から与えられた課題は、華国の玉座を埋めてくることだ。だが、榴花も翔央も、そして、朱景にだって、それをさせる気はない。だが、その課題を達成しなければ、相国側は凌国から正しい手順で出国することはできない。

凌王は翔央を試している。凌国・華国の問題を解決しないまま、強行突破で大陸中央に向かうことをしてしまえるか否かを。

強行突破は、当然のことだが凌国との国交断絶を意味する。龍貢への禅譲の証人となる存在を失うことになるし、王太子妃である翠玉の立場を著しく悪くするだろう。

だから、蓮珠が別案を出さなければならない。叡明の手紙にあった『あとを任せた』は、きっといまこの時に、決断を下す蓮珠のために遺されたのだ。その言葉が蓮珠の背中を押してくれる。

「朱家の生き残りは一人じゃありません。……わたし、政については最低限わかっているつもりです。官吏でしたし、執務室に出入りしていた身ですから。……一緒にいる道を得られなかった身です。間接的に相国を守ることになるのであれば、悪くない選択でしょう」

「蓮珠殿？　……まさか……」

続く言葉を察して、朱景が蓮珠の決意を止めようとする。それに先んじて、続きを口にする。これは状況に対する反応ではなく、広く状況を見て考えた上での決断だ。

「凌国が提示する候補者、その誰にも華国の玉座に就かせる気になりません。ですが、凌王陛下のおっしゃるとおり、方策を否定するだけでは事態は悪化する一方です。では、どうするか、たくさん考えたんですよ」

決定打は先ほどの朱景の発言だ。朱家を再興して、自身が王位に就く。それが、朱景に可能なのであれば、もう一人、新王候補者を出すことができる。

「朱家の再興、大いに結構。……朱家の生き残りの一人として、私が華国の玉座に就きましょう」

一瞬の間のあと、蓮珠の言ったことを理解した朱景が叫んだ。

「なにを言い出すんですか！」

この程度の反発は想定済みである。

「自分も同じことをしようとしていたでしょう？」

これで文句は言えまい。そう思っていた蓮珠に、朱景が食い下がる。

「李洸様は、華国は華国の者が立て直すべきだとおっしゃっていませんでしたか？」

華国とは無関係ではないかと、という話だ。この反論もまあまあ想像通りだ。

「朱景殿は、すでに威国の庭師です。華国の者ではない。華国の者が威国の公主の書状を運んでくるとかありえませんよ。威国側にとっても、貴方はすでに威国の臣です」

華国との縁が切れているのは、むしろ朱景のほうなのだ。

「わたしは、元役人で元皇后の身代わり、長年妹として育てた存在はいまや凌国の王太子妃です。相国での肩書の一切持たない身となったわたしであれば、華国の玉座を温めるのもできなくはないですよ」

生まれ育った故郷は、いまや更地。出身であることを証明する術がない。蓮珠は朱景とは逆に、相国との縁が切れてしまったに等しい状態にある。それでいて、華国とは朱黎明の娘であることで認識されているので、縁がつながっている。

もっとも、華王が生きていたら絶対に許さないだろうし、縁があるなんて認めないのだろうけど。

「離れたくないんじゃなかったんですか？」

苦笑いで自身の適性を口にしても、朱景が押し黙ることはなかった。

「どの道、何者でもない私は皇帝となったあの御方から引き離されます。それは国政を考える上で、ごく当たり前で正しい判断です」

蓮珠は現実を見据えた、冷静な判断であることを強調した。

「その時になって、離れがたくて醜く縋りつくくらいなら、わたしはあの御方の役に立てる道を自分の意志で選択したい」

選べなくなるその前に、自分で選びたいのだ。

「蓮珠殿。それこそ、白鷺宮様がお許しになりませんよ」

朱景はそろそろ折れる。彼は知っている。朱家の人間は、これと決めた道を曲げることがない。だから、蓮珠も知っている。朱景は、榴花と共に威国の庭師として生きていくことを選択したのだ。その道を曲げることは彼自身が許さない。彼は必ず、その道を貫くことを選ぶ。

「榴花殿も翠玉も、大切な人とずっと一緒に居られる道を得られたんです。その道を歩み続けることを、わたしは願うばかりです」

本心から願っている。二人には、すでに道がある。あるのであれば、進んでほしい。

「誰かの思惑で引き離されるくらいなら、その前に自分の意志で離れる。それも選択だとは思いませんか？」

選べなくなるその前に、彼らに選んでほしい。同時に、自分も選びたいのだ。

「だから、朱景殿。……ここから先の提案は、手詰まりを避けるための『別案』です。相手は、伏魔殿の策謀に長《た》けた上級貴族。しかも、華王の大粛清をのらりくらりで生き延びたような者ばかりですから。先々の選択肢は多く用意しておきましょう」

選べなくなるその前に備えておくこと。それは、奇しくもあの華王から学んだことだ。華王の存在から学んだのだから、その成果は華国でこそ披露したいではないか。

「朱景殿。玉座相手の大きな賭けをする覚悟はありますか？」

状況に対する一時的な対応ではなく、先の先を見越して、考えに考えた。この賭けに朱景が乗ってくれるかどうか、そこからすでに勝負は始まっている。

「話を聞きましょう」

朱景の目から、儚さも諦めも消え失せる。そこには、戦いに挑む光が宿っていた。

蓮珠が方針決定を伝えての第一声は、張折だった。

「朱家の再興のあとで、朱景殿ではなく陶蓮を玉座に？」

色々話したあとで、短くまとめていただいたので、勢いよく肯定した。

「はい。そういうことです！」

張折はもちろん、李洸も固まった。固まったが、すぐに冷静な計算に入り、その提案が持つ意義に行きつく。蓮珠は執政の実績こそないが、下級官吏として十年ほど様々な部署を渡り歩いた幅広い知識がある。皇后の身代わりで鍛えられたある種貴族的な宮中の陰謀・策謀を乗り切る胆力もある。なにより、「遠慮が無い」「色気が無い」「可愛げが無い」の「三無い女官吏」で知られた陶蓮珠だ、大人しく上級貴族たちの傀儡になどなるわけがない。悪くないのでは……と思ったのだろう。二人は押し黙った。

政治的な判断をする李洸と張折に対し、翔央は真正面から反対した。

「蓮珠、何を考えているんだ？　どれだけ危ないことかわかっているのか？　今のこの国で玉座に就くなんて、殺されに行くようなものなんだぞ！」

この道を考えた段階から、翔央に反対されることはわかっていた。だから、うぬぼれと自虐のかぎりを尽くした言葉で返すと決めていた。

「……これで、同じ高さに立てますね。翔央様？」

蓮珠に詰め寄ろうとしていた翔央が停止する。

「貴方はいまや自らの意志だけでは降りられない地位に昇られた。だから、わたしが昇るのです」

政治的な駆け引きは、あの後宮生活でたっぷり学んでいる。

「蓮珠。……それ、ずるいだろ。反対で押し切れないじゃないか」

これが駆け引きであることは、翔央もわかっている。目が合えば、お互いに苦笑いしか浮かばない。それでも、この駆け引きを貫くのだ。

「狙いどおりです」

この駆け引きは信頼で成り立っている。蓮珠は、翔央の信頼を得ている自負がある。これから蓮珠がしようとしていることを、翔央は信じ、見守ってくれる。李洸と張折も同じだ。彼らもまた蓮珠を信じ、この賭けを任せてくれている。

「凌王太子様にもご協力いただくとしましょう。よろしいですか？」

蓮珠は部屋の入口に真永を見て、そう声を掛けた。だが、真永は蓮珠の言葉に応じるより前に、張りつめた表情で来客を告げた。

来客は鄒煌だった。彼はまっすぐに蓮珠の前まで来た。

「陶女史。内側からの情報が届いた」

地方復興に続き、都の機能回復を進めている鄒煌たちは、上級貴族の派閥に内通者を得るまでになっている。今回は、その内通者からの情報提供があったようだ。

「新王即位後に、すぐに譲位させたうえで、新王を暗殺する気だ。あなた方が誰を王にするにしても、このことに留意して行動するべきだ」

再会直後の鄒煌は、蓮珠たちに対して、華国の者ではないのに新王を押し付けるなという意見を持っていたことを考えると、こちら側が誰かを王にする前提で語るとは、ずいぶん考えが変わってきたようだ。

蓮珠は、そのことを受け止めながらも、気になる一点をまず尋ねた。

「……それ、そもそも可能なのですか？」

蓮珠の問いに、翔央たちまでもなんのことを言っているのかという顔で蓮珠のほうを見る。だが、鄒煌の訪れを聞いて駆けつけたらしい朱景は、蓮珠の疑問を理解し、蓮珠の顔ではなく、鄒煌の答えを聞こうとしている。そのことが、蓮珠にこの疑問の重要性を再認識させる。これはとても重要なことで、ハッキリさせておかねばならない。

「可能とは？」

鄒煌が問い返すので、蓮珠はゆっくりと疑問を改めて口にした。

「即位後、すぐに譲位することが、可能なのですか？」

問われている内容を理解した鄒煌が小さく息を吐きだす。

「揃《そろ》うものが揃っていれば、可能でしょう。……気にするべきところが違いませんか、陶女史」

揃うものが揃っていればなんて、お役所仕事的だ。だが、そのほうが蓮珠としても理解しやすい。

「可能なんですね。しかも、その前提で即位式は進む、と」

頭の中で反芻《はんすう》して、賭けの勝ち筋をより具体的にする。

「……朱景殿、ちょっとご相談があるのですがよろしいでしょうか？」

朱景に話し掛けたが、彼は言わずともわかっていると片手で蓮珠を制した。

「私はかまいませんよ。……どうせなら朱家をとことん利用しましょう。決着をつけるのであれば、早いほうがいいですから」

こんなところで血縁を感じる。同時に朱家を何とも思っていないことも共有している。なんと矛盾《むじゅん》に満ちた関係だろうか。

「華国の立て直しは華国民の手で。それが最善でしょう？」

宮廷内の駆け引きを知る者同士。この場では遠回し以上の遠回しな言葉を使って、お互いがわかっていることだけを確認し合う。

ここからは、最善に向かう細い細い道筋を慎重に進まねばならない。相手にこちらの狙いを悟られぬよう、言動に気を使う必要がある。

「では、朱景殿。朱家の生き残りとして、共に玉座に昇りましょうか？」

朱景と考えの共有を確認した蓮珠に翔央が叫んだ。

「は？　……共同統治？　どうしてそうなるんだ！」

蓮珠は、翔央に、さらには李洸や張折、真永までを視界に入れて、企みを隠さない笑みを浮かべて見せた。

「なにを、傍《はた》から見ているだけのように言っているんですか？　この勝負、利用できるものは、すべて利用し尽くす予定ですので、ご協力のほどよろしくお願いしますね」

「結局、俺たち全員を厄介ごとに巻き込みやがった……」

張折の呟きに同意を示すように、翔央たちが同時にため息をついて、蓮珠から視線を逸らすのだった。

第七章

逆取順守

〔ぎゃくしゅじゅんしゅ〕

登城の正装は、登城する人数が人数なので、秋徳だけでなく元公主侍女の朱景と元陶家家人にして威国蒼太子《そうたいし》の従者だった真永の二人の手も借りて整えた。その後、本人たちも正装に整えて自身も登城した。衣装は榴花園の訪問者の伝手で用意した。国によって意匠に違いがあるのか、用意してもらった襦裙《じゅくん》は型としてやや古風だというのに、色合いが相国ではありえないほど鮮やかで、かつ模様が大きく全体に派手だった。

登城の目的は、上級貴族との交渉である。鄒煌たちを通じて、朱家再興に協力を申し出てくれている上級貴族たちと会談の場を設けてもらった。

「我々はともに、朱家の生き残り。朱家再興は二人で成すと誓っているのです。この国の安寧に身を注ぐことこそ、朱家の大義であると考えております」

すでに顔を知られている朱景から、改めて蓮珠を朱家の生き残りとして紹介する。

「そちらが……、あの朱黎明の娘だと？」

「華王陛下もお認めになっておられました」

疑問視する声に、鄒煌がすかさず証言する。

「陛下が……。そうであれば……たしかに……」

「不足であれば、飲み勝負で示しましょうか？」

蓮珠の提案に、何か思い当たることがあったようで、何人かの上級貴族が視線を逸らした。どうやら、母の酒飲み勝負は良く知られた話らしい。

「やはり……貴女も強いのかね？」

蓮珠が自信たっぷりに肯定すれば、さらに数名が顔色を白くする。

母が逸話持ちの人物で良かった。母が華国を出て三十年程度は経っている。それでも、憶えている者が居るというのは、娘として、複雑な気分になるところだ。

証明はできたということにして、蓮珠は話を進めた。

「皆様ご存じの通り、榴花公主様は現在凌国常春の青峰城にご滞在中です。……榴花公主様はたしかに王位継承権を有していらっしゃる。ですが、お母上の出自は我らが朱家に劣ります。新生華国の王として、果たしてふさわしいと言えるでしょうか？」

榴花公主を低く見る言葉を朱景に言わせるなんてできない。そう思って、この部分はあえて蓮珠が担当した。後宮での皇后身代わり時代に、皇妃同士の皮肉の応酬を繰り返し見てきているし、威国でも序列上位の公主の口撃に晒された身だ。やや早い口調、少し高めの声、せわしない印象を受ける抑揚のつけ方。様々な角度から、刺々しさを出してみた。

そもそも蓮珠の母は、王太子妃候補とされたことに反発して、酒飲み勝負を吹っかけて、自ら候補を外れたという、強すぎる女性だ。その朱黎明の娘ならここまで言ってもおかしくないという空気が場を満たしていた。若干引き気味の人々の心を、やわらかに包む口調で朱景が話を引き継ぐ。

「朱家は華国の重臣、最も王家に近い家。長い歴史の中では、正妃を出したことも、降嫁の名誉を賜ったこともあります。王家との血の交わりもあったのです。今の華国に我々以上に玉座に近い者がおりますでしょうか？」

現状、どの上級貴族も自身と王家の間につながりのない者ばかりである。それというのも、王家に近かった家のほとんどが華王の大粛清で潰されたからだ。

今残っている上級貴族たちが政争において決め手を欠いているのは、後継を名乗って玉座に就いてしまうには、正統性が足りない者ばかりのせいだ。

だから、彼らは絶対に欲している。華王の後継を名乗り、玉座に就ける者を。

「……どちらが玉座に？」

場の誰かが疑問を口にする。前に出てきて問うことをしない。そこに、蓮珠と朱景を自身と同等に扱っているわけではない本音が出ている。

そのことに気づいている素振《そぶ》りなど欠片も見せずに蓮珠は微笑む。

「共同統治を提案します。朱景殿は華国の状況を知っている。わたくしは長年相国の官吏として政そのものを学んできた。……どちらが欠けても今の華国の玉座には足りないでしょう。……ご存じの方もおられると思いますが、鄒煌殿を中心に進められた地方復興計画。

その立案はわたくしです。実績として十分に成果を上げたつもりですが、いかがでしょうか？」

蓮珠はそこで言葉を区切ると、場に集まった上級貴族全体を視野に入れ、黙って回答を待った。

「……わかった。朱家の再興を承認し、お二人が玉座へ昇られるのを我らがお支えしよう。華国の延命は、この決断にかかっているのだ。皆も、よいな？」

この場で最も年配の上級貴族である関昌偉《せきしょうい》が全体に声を掛ける。そのことが反論を許さない空気を作っていた。

蓮珠は視線だけ朱景に向けた。彼も同じように蓮珠を見ていた。一瞬の視線の交換で、お互いに情報を共有する。

この場に集まった人々の長は、今発言した関昌偉であり、華王の後継を新王に就けたのちに譲位を迫り、自らが玉座に就くことを算段している張本人だ。

その彼が、蓮珠と朱景の共同統治を認めると言うのだから、他の者たちもこれに従うよりない。

「ありがとうございます。即位に必要な書類等は、皆さんのお手を煩わせぬように、こちらで用意させました。内容をご確認いただきましたら、御署名を」

誰かがボソッと「さすが元官吏」と呟いた。そうだ。蓮珠は元官吏で、下級官吏時代には窓口業務にも携わっていた。だから、よく知っている。一つの文書を回し読み、それぞれが署名を促される状況で、人がどれだけ目の前の文書を読み込むことができるのか、を。黎令の語り並に、細かい文言と装飾的な文章を混ぜ込んだ書類を、李洸と張折に作成してもらった。それも朱家再興に関するものと、即位に関するものと二つの文書がある。

貴族というのは序列にこだわりがある。順に署名する以上、その順序は彼らの序列に従ったものでなければならないと思っている。さらに、文書を読むことも序列に沿っていなければ受け入れられない。

ここに、二重の落とし穴が生じる。序列上位の者ほど、待っている下位の者が多く、文書を読むことを急ぎがちだ。そのため、斜め読みになってしまい、重要な文章を見落としたまま署名してしまうことがある。一方で、下位の者は、署名を終えた上位の者からの早く終わらせろという視線を受けて、斜め読みになる。たとえ、視線に耐えて文書を読み込み、おかしいと思う部分があったとしても、上位の者がこの文書で署名してしまっている以上、異を唱えにくく、そのまま署名してしまう。

その場の全員が署名を終えた文書を受け取り、朱景と蓮珠はそろって感謝を口にした。

「皆様の国を思う御心が、迅速な対応につながりました。これより国主と呼ばれる立場とはなりますが、皆様の御心に沿えるよう、尽力致します。ありがとうございました」

自分たちにとっても、相手にとってもひとつの山場を乗り越えた。わずかに力が抜けた状態の上級貴族に、朱景が思い出したように、お願いを口にする。

「これらとは別に一つお願いがあります。……共同統治の形をとる以上、せっかく再興した朱家に誰もいなくなってしまうことが、気がかりなのです。そこで、朱家存続のために養子をとることをお認めいただきたい」

朱家が再興したあとでの話であり、現時点ではなんの書類も用意できていない話だ。その上、各家の後継者まで、口出しできるものではない。

「それは……妥当ではないか」

「そのとおりだ。問題あるまい」

だから、返事は適当だ。それでも、口頭で許可は得た。朱景は丁寧に謝辞を述べた。

「ご了承下さり、ありがとうございます。それでは、皆様の御署名を戴きましたので、朱家の再興から順に手続きを進めていきますね」

これを合図に、上級貴族たちが場を去っていく。

蓮珠と朱景は、書類の内容に従ってどう進めていくか、儀礼を担当する官吏と打ち合わせしてから、まだその場に残っていた鄒煌に声を掛ける。

「鄒煌殿に、お願いがあるのですが」

つい今しがた、王位に就くことが決定した二人を前に、鄒煌が跪礼する。

「王命を賜れるとは、誉れにございます」

「まだ、朱家の再興さえ成っていませんよ。だから、王命だと気負わずに聞いてくださいね。……まあ、この国のこれからにもかかわる話ですけど」

後半のその言葉で気負わない者が居るだろうか。案の定、鄒煌は緊張に頬を引きつらせながら、続く朱景の話を聞いた。だが、話を聞き終えた時……。

「……え？」

驚愕《きょうがく》を口にし、鄒煌はそのまま固まってしまった。


手続きに必要なものが揃っていれば話は早く進むというのは、役人気質な相国でなくても同じことで、朱家再興から新王即位まで、わずか十日で整ったのだ。

国内外に周知するための大々的な即位式は行なわないと決定したことも、この迅速な進行につながった。

「現状の華国に、華々しい即位式を行なう余裕などありませんよ。我々二人が朱家を再興してまで玉座に昇る決意をしたのは、この国の立て直し、ただそれだけのためです」

朱景が言い、蓮珠も頷く。

二人のこの決定に、朱家再興承認を促した関昌偉の一派が一斉に跪礼して、感服の姿勢を示した。

「なんと素晴らしい御志！」

大々的な即位式はしないものの、即位儀礼は行なう必要があった。

即位式のこの日、天帝廟で天帝と鳳凰に即位の報告を行なった朱景と蓮珠は、そろって朝堂の玉座へと向かっていた。

朱景は黒を基調とした冕冠《べんかん》姿で両袖の前半分が緋色の切り替わりになっており、金糸の鳳凰紋が入っている。蓮珠の衣装は女王装束がないために特注された現状の大陸で唯一の女性用冕服《べんふく》だ。形を朱景のまとう男性用の冕服に近いものだが、袖が大きく、衣の裾と袖を長く床に引くような造りをしている。色は濃紺を基調とし、袖の部分は男性用と同じく袖口から半分までが緋色に金糸の鳳凰紋となっている。

玉座の置かれた壇の前には、上級貴族らが群がっている。即位したばかりとはいえ、王の道を塞いでいる。その秩序のなさに蓮珠としては驚くよりない。

相国は、朝議の場では整然と並び、皇帝が通る道に皇帝の許しなく立つなんてありえないことだった。それは当たり前のことだと思っていたのだが、こうして他国の朝議を見るに、自国のそれは、官吏の規律ある態度によって成り立っていたのだと、蓮珠は知った。

「我らが陛下をお支え致します」

関昌偉の派閥の者だったと思われる男が蓮珠の前に立つ。

「いや、我々こそ……！」

朱家再興からして関われなかった上級貴族が慌てて、その横から出てくる。

「いやいや。新たな王家の後ろ盾は、我々の家格にこそ相応しく……！」

蓮珠たちに群がりながら玉座に近づく彼らに立ちはだかったのは、凌国王太子として即位式に参列している真永だった。

「即位式の席次は、私よりそなたらのほうが上なのか？」

大々的な即位式ではないが、他国からの承認もあると示すことで箔《はく》がつくと考えた関昌偉らが、凌の王太子である真永に来賓席を用意したのだ。

席へ向かう真永が上級貴族たちに不快の視線を向ける。大陸南部の華国の者であっても、真永の長身には届かず、もれなく誰もが真永に見下ろされている形になる。

上級貴族たちは、蜘蛛の子散らす勢いで引いていった。どうやら、ちゃんと並ぶこともできるようだ。

「ありがとうございます。真永殿」

「いえ。……まだ仕掛けてくる機ではないでしょうが、支持勢力以外が近づくのはどの段階であっても、警戒すべきでしょうから」

新王即位に箔をつけるという大義名分を掲げて、蓮珠たちは、真永の席を新王に近い位置に置いてもらった。その実、帯刀禁止の朝堂で、真永を絶対的な護衛として考えているからこその配置である。

それにこれは、真永にとっても益のある話だ。今となっては先王となったかの華王は、隣国の王位争いに興味がなく、今上の凌王即位の報せにも、特に祝意を示すこともなかった。これにより、凌国と華国の関係は、現状かなり冷え込んでいる。だが凌国にとって華国との関係改善は、難民問題で物申すためにも重要な課題だ。

だから、華国新王と友好関係を結ぶことは、凌国内での真永の政治上の評価を大きく上げるような実績になるはずなのだ。それにより、凌国の後継者問題は、王太子優勢で前進するだろう。凌王は、真永の華国行きを、王太子実績の仕上げと考えていた。この即位式で来賓となったことこそがその実績なのである。

一方で、翔央はこの場に居ない。華国側に真永を通じた凌国との同盟を印象づけるためだ。同時に、華王の甥であるゆえに、その風貌だけで、朝堂に集まった人々の目には、より華王に相応しい人物に映ってしまうので、翔央は人前に出ないほうがいいという、李洸・張折の判断によるものだった。

「……さて、仕上げのために、お互いに覚悟を決めて玉座に昇りましょうか？」

玉座に上がる前に上級貴族たちに群がられたので、まだ玉座の置かれた位置には上がっていなかった。

「ええ。行きましょう。ここからは、始めれば一瞬も止まらずに最後まで押し通すよりない一本道。……最初で最後の、朱家の矜持の見せどころですね」

蓮珠は深呼吸してから、女王の正装を身にまとい、華国朝堂に集まる人々から最も見える高さに置かれた、玉座へと足を踏み出した。

この華国で最も高い場所に立ち、朝堂に集った貴族たちを見下ろした。

壇上、玉座の両脇に立つ蓮珠と朱景は、大陸南部の者としては背が高くない。蓮珠は相国東北部出自の父親似の小柄さだし、朱景は成長期の栄養不足を引きずっていて、威国に行って、かなり背が伸びたものの、同年代の華国人と並ぶと頭半分以上低い。

上級貴族たちが壇上の蓮珠たちに向ける視線は冷ややかだ。美を好む鳳凰の加護には値しない容姿だ、先の華王に比べてあまりにも見劣りする……と思っているのだろう。

隣国の守護獣をどうこう言うのは良くないことだが、華国のそこが間違っていると蓮珠は思う。容姿で政の良し悪しが決まるわけがない。そんなことに囚われているから、彼ら上級貴族の目には、鄒煌たちに感じたこの国をどうにか立て直そうとする熱が失われているのだ。やはり、自分たちの判断に誤りはなかった。

蓮珠は朱景のほうを少し見て、お互いに小さく頷く。方針に変更なしを確認し合い、蓮珠は始まりの言葉を口にした。

「……では、この場に集《つど》われた方々の前で、我々の最初にして最後の王権発動を」

言葉を区切り、翔央の声を真似た遠くまで届く発声で告げた。

「後継者を指定することなく崩御された先王を継ぎ、王家に近い血統にある我々が玉座に就いたことで、この国の不和の種が一つ、取り除けたと考えています」

蓮珠の言葉を受けて、朱景が朝堂の後方まで届くように声を張った。

「我々が玉座を望んだのは、華国立て直しために不和の種を一つでもいいから取り除くことにありました。ゆえに、我々自身、自分たちが玉座に相応しいとは思っていない。この玉座には、真実この国を憂う者こそが相応しいと考えている」

さすが、威国の草原生活で鍛えた喉は違う。声の圧は確実に上級貴族たちの感覚を、壇上へ向けさせている。

「従って、我々は手にした王権を使い、後継者指名による譲位を行なう」

「なんと素晴らしい御決断だ！」

なにを思ったのか、関昌偉が玉座の前に歩み出る。自身が指名を受けるとでも思っているのだろうか。しかも、それにつられるように数名の上級貴族が玉座の前に出てくる。それぞれの派閥を率いる者だろうか。蓮珠は、彼らの姿を視界から外し、真っすぐに朝堂後方の扉に向かって、告げた。

「我々は、朱家の新たなる当主を指名し、いまこの場で譲位するものとします」

朝堂が静まり返る。

「……今、誰と?」

関昌偉が玉座の前で歩みを止める。

「ふ……ふざけたことを！」

上級貴族の誰かが叫んで、手を振り上げた。

それに呼応して、数人の男が前に飛び出してくる。おそらく鄒煌が言っていた、新王を亡き者にするために忍ばせておいた者だろう。

理不尽な話だ。自分が譲位されると期待して玉座の前に出てきておいて、これらの者たちも朝堂内に忍ばせているとは。最初から玉座を奪うつもりだったくせに。

瞬時に、来賓席の真永が蓮珠と朱景の前に立ち、その背に二人を庇う。同時に玉帯の裏に隠し持っていた双鞭を構えるとわずか二振りで、玉座に近づいてきた者たちをまとめて弾き飛ばした。

だが、呆れたことに、それで終わりというわけではなかった。帯刀禁止の朝堂だというのに、再び玉座に駆け寄る者が現れる。手にしているのが短刀であっても刃物には変わらない。禁則に従うのであれば、真永のように刃物ではない武器を携えてくるべきだ。

「これは、譲位より先に朝議の風紀の乱れから正したほうが良かったですかね？」

「蓮珠殿は肝が据わっていますね」

朱景が若干呆れている。皇后の身代わり生活は、危ない目に遭うのが日常の一部だったので、こういう時には逆に落ち着こうとしてしまう。

「これは、どちらかというと虚勢を張っているだけです。でも、同時に真永殿の技量を信頼しておりますから。それに……」

蓮珠はその背に自分たちを庇って立つ真永の背中を見つめた。

「真永殿が、まだ怖くないので、まだ大丈夫です」

真永は鄒煌の比ではない武人としての技量を持っている。だが、それを常に隠して過ごしている。この技量を隠すのが、真永はあまりにもうまいから、彼がこの状況で手加減していることに気づいている者はいないだろうと思われる。

「怖くない……ですか？　十分にお強くて怖いですけど」

真永の本来の技量を垣間《かいま》見たことがある蓮珠と異なり、朱景は首を傾げた。

だが、自身をよくわかっている真永は、蓮珠たちに背を向けたままで笑う。

「はは。蓮珠様は素晴らしい感覚をお持ちです。……ですが、玉座の間近で暴れるわけにはいきませんので、怖くないままで終わらせたいですね」

そう言って笑うので、この人も意図せず厄介ごとを招きそうな人だと思ってしまった直後に、続く小さな呟きを聞いてしまった。

「でも、さすがにこのままでは終われなさそうですね。さて、どうするか……」

真永が手の中の鉄鞭を握りなおす。以前、同じことを翔央もしていた。背を向けている真永の表情はわからない。だが、もしあの時の、永夏港で真永と鄒煌の打ち合いを眺めていた翔央と同じ、戦うことへの高揚を己の得物を握ることで抑え込んでいるならば……。

蓮珠は、少し考えてから真永の背に歩み寄る。適材適所はある意味、相国役人の基本思考だからだ。気づいてしまったのであれば無視はできない。

「……蓮珠様？　どうなさいました？」

真永の問いに答えず、背後の朱景に問いかけた。

「……朱景殿。確か、黒公主様の指示で、黒部族の護衛術を仕込まれていますよね？」

それは、朱景への問いであると同時に真永に聞かせるものでもあった。

「この状況で蓮珠殿を守り抜ける技量には、まだ足りませんよ」

朱景は『技量はない』ではなく、『技量には足りない』と言った。我が身ひとつ程度であれば守れそうだ。

蓮珠の口角がわずかに上がる。表情に出ないようにしなければならない。こちらの動きを壇の下の人たちに悟られるわけにはいかない。

表情を引き締め、蓮珠は朱景を振り返る。

「朱景殿。わたしのことまで守ろうとしなくても大丈夫ですよ。わたしは、冬来殿……威国白公主様から護身術を仕込まれた身なので」

これに朱景が息を飲む。黒公主から白公主について聞いているだろう。威国どころか、大陸全土を捜しても比肩する者のない最高の武人だ。

そのことは、真永もわかっている。二人は相対したことがあるから、より正確に伝わるはずだ。

「……なので、真永殿。自分たちのことは自分たちでどうにかできます。ここを離れて、存分に暴れてきてください」

瞬間、以前相の朝堂で垣間見た青い煙が立ち昇る幻影を見た。

「陶家の主は、家人の使い方がお上手だ」

肩越しに振り返る真永は笑んでいる。だが、正直、蓮珠はその場に膝をつきたくなる。武人としての並外れた技量が放つ強者の圧に、歴史ある東方大国の直系王族が持つ超重量級の圧が加わっている。

「あちらは、真永殿にお任せしますね」

「承知いたしました」

返事して早々に、双鞭使いの背中が蓮珠たちの目の前から消えた。

だが、どの方向に向かったかは、すぐに分かった。玉座の前に出ていた上級貴族たちの多くが、その場で昏倒していたからだ。

「……これは、怖いですね……」

朱景が真永の怖さを実感して呟く。

「……まあ、あれくらい遠慮せずにやっていいという例を示していただいたわけですね」

言うや、天井から降ってきた人影を右腕一本で払い除けた。

「冕冠でやる動きじゃないですね。同じ黒なら部族装束が良かった」

いや、いくら黒くても、さすがに華王の即位を威国黒部族装束でやるわけにはいかないでしょう。蓮珠は心の内で反論しておいた。

それを察したわけではないだろうが、朱景が蓮珠に首を傾げた。

「蓮珠殿はじっとされていますが、やはり動きにくいのですか？」

たしかに、女王装束は、動きづらいと言われる花嫁装束を上回る長い袖の衣を重ねて着ている。下も長裙で裾が床に拡がっている。最高級品の絹なので見た目ほど重量は感じないが、どんな細《こま》やかな所作も、とにかく動きづらい。

だが、蓮珠がじっとしているのは、それが原因ではない。

「……すみません。どちらかというと技の問題です。わたし、接近戦と言いますか、襲われ対応技専門なので」

「ある意味、怖いですね。一撃目が強烈だったら、どうするんです？」

問われたとほぼ同時に背後から襲撃されたが、蓮珠はその場にしゃがむと、半円蹴りを仕掛けて、相手を転ばし、そのまま壇上から蹴落とした。朱景は蓮珠がしゃがんだことで露わになった襲撃者の上半身を掌底で壇の外へと突き飛ばした。

「そこを徹底的に鍛えられているので、得物を手に襲ってくる分には問題ないです」

動けないわけではないことを笑顔で示す。無論、大型火器とかでこられたら、さすがに反撃のしようもない。大人しく焼かれるだけだ。が、それらに対応できないのは、朱景も同じだろうから、しょうがない。

だが、さらにその後ろからも、似たような格好の者が幾人も出てくる。

「いや、ちょっと多すぎませんか？　いくら何でも忍ばせすぎですよね……」

蓮珠もさすがに呆れてきた。

「でも、背後が甘いんじゃないですかね。あちらの手駒を潰し終えたようですよ」

冕服で蹴り上げた朱景がニヤリと笑う。

見れば、鄒煌の率いている部隊が朝堂内に潜んでいた暗殺者たちを引きずり出し、押さえこんでいる。

「お二人とも、ご無事ですか？」

朝堂の後方の扉を開いて入ってきた鄒煌が、蓮珠たちに駆け寄り、そのまま玉座への壇を上がってくる。

見咎めたのは、壇の下でやや遠巻きに騒ぎを注視していた上級貴族の一人だった。

「鄒煌。貴様、出自を弁えずに玉座に近づくはなにゆえか？　またも、王の護衛を気取る気か！」

貴族は序列にこだわりがある。中級貴族である鄒煌が上級貴族である自分たちに近づくこともできない玉座への段を上がっていくことが我慢できないのだ。

「先王陛下は、自分を護衛から解任せずに崩御されたので、王の護衛のままですが？」

鄒煌を怒鳴った上級貴族が口を開けたまま、立ち尽くしている。

「従って、自分と自分の部下は、引き続き新王陛下の護衛の任に当たります」

新王即位により、王の護衛職も復活した形だ。

「鄒煌が出てきては、仕留められんぞ！」

壇の下に居る上級貴族の誰かが怒鳴り、ほかから統率を試みる声が上がる。

「我々がもめている場合か。どうせ用意しているんだろう。合わせて抑え込むぞ！」

関昌偉が焦りにひっくり返った声を上げ、ついでに高々と手を上げて、いずこかに合図を送っている。それに呼応して朝堂の開け放たれた扉から入ってきたのは、関氏の私兵と思《おぼ》しき一団だった。いや、武具が揃っていないところを見ると、声掛けに応じて、他の派閥に雇われている私兵も入ってきたか。

思わず玉座の裏に隠れようとした蓮珠と朱景を、鄒煌が小声で宥めた。

「……お二人とも、大丈夫ですよ。よく彼らの姿をご覧ください」

言われて彼らを見れば様子がおかしい。彼らは、すでに一戦交えた後の、しかも一方的にやられたかのような、よろよろとした足取りで朝堂の床を這うように進んでいる。

「いったい……なにが？」

今度は関昌偉が掲げていた手をだらりと下に垂らしていた。彼の疑問は、蓮珠と朱景の疑問でもあった。

「なにかから、逃げてきたように見えますね」

朱景が眉を寄せて、遠目に朝堂後方を見ている。鄒煌に言われたように、彼らの姿をよくよく見ているのだ。この生真面目さこそ朱景らしさである。

「いやいや、朱景殿。なにかからって……」

だが、混乱は蓮珠よりも、彼らという切り札を切ったはずの上級貴族たちのほうが強かった。

「とにかく、壇上だ。まとめて始末しろ！」

誰かの叫びに、呆然としていた関昌偉がハッとした顔で再度命令を出す。

「多少の無理をしても、この朝堂の中で収めれば、あとは我々の中でどうとでもなる！なに、我々高位の者たちで玉座を争う、ふりだしにもど……る……」

勢いづいていた関昌偉の声が突如途絶えた。見れば、その場に倒れている。

その傍らには、見覚えのある棍杖が落ちていた。

開けたままの朝堂の扉のところに立っている人影が、棍杖を投げた手を下ろす。

「多少の無理じゃない。……ただの無理だ。動ける者なんて、ほぼいないからな」

よく通るその声は、間違いようがなく、蓮珠に安堵をくれる。

「翔央様……」

蓮珠の呟きが聞こえたとも思えないのだが、翔央は軽く笑うと、先に逃げ込んできた私兵たちとは異なり、力強い歩幅で朝堂の中央を歩み進む。

「外に置いていた私兵どもは鎮圧済みだ。……あとは、この朝堂内だけだぞ」

関昌偉を昏倒させた自身の得物を拾い上げた翔央が、壇上を見上げた。

「壇上にいろ。……あとは任された」

そこからの事態の進行は早かった。なにせ、上級貴族たちは、忍ばせた者たちも私兵たちも潰されている。反撃どころか抵抗すらできなかったからだ。

「朝堂に暗殺者を仕込み、外にはそれぞれの派閥が私兵を待機させていた。皆さん、内戦でもするつもりでしたか？　そんな余裕は、今のこの国にない。こんな単純な事実さえ、まったくわかっていらっしゃらないようだ」

朱景が笑う。壇の上からは、取り押さえられた彼らの悔しげな表情が良く見えた。

「ようやく再興した朱家をまた放り出すつもりなのか？」

蓮珠たちを利用しようとして、利用された関昌偉とは、また別の派閥の者が問う。

ここまできてそれを問うなんて、状況が見えていないとしか思えない。そんな質問、朱景に一笑に付されるだけだ。

「何度でも言います。我々の目的は、この国の立て直しです。そのためならば、朱家を利用することなどなんとも思わない。そもそも『存在しない』ことになっていた家なのですから、あってもなくても特に困りません。ほんの一時、ただこの瞬間の為だけに再興してくれればそれで十分だった」

朱景の横顔は冷たい。朱家が必要だった段階は過ぎた。彼の中では、すでに用済みの存在なのだ。

「朱家の人々に対して何も思わないのか？　父上はきっと地府（冥界）でお怒りだぞ！」

侍女時代に培った女性的でやわらかな笑みで、朱景が男に応じる。

「そうでしょうか？　父はこれでこそ本望だと思いますよ。この国の未来を真実憂えていた人でしたから。何も成せずに潰された家が、何事か成して消えるのです。この上なく、褒めてくださると思います」

欠片の疑いもなく、朱家はその役割を終えたと言い切れる。今回の件にかかわるまで、彼の中で朱家は完全に失われた存在だったのだ。幼い頃に喪失し、幾度となくその存在を自分の中に問うては、すでに無いという現実だけを思い知る。理不尽に潰された。憤りの矛先は、当然華王に向けられる。だが、大粛清をやり過ごすだけで、朱家からも民からも目を背けてきた者たちにだって、憤りを感じているのだ。

狙う状況への一本道は、まだ途中だ。慎重に進めねばならない。煽ったとしても、煽られるわけにはいかない。

蓮珠は、小さく息を吸い、今では失ってしまった蓋頭《がいとう》をかぶり、皇后の威厳をまとったような気持ちを作ってから、言葉を発した。

「朱景殿。そこまでです。……放置しましょう。彼らは何もわかっていない。だから、貴方の怒りにも何も感じることはないでしょう。そんなものにかかわって、貴方自身を削る必要はない」

「……はは。貴女と共同統治にして正解でした。黒公主様も榴花様も、貴女が居ればなんとかなると言っていた。お二人の言うとおりだ」

それは、また不安しかない信頼感。いや、朱景が落ち着いてくれたのも、二人の言葉があったからこそなら、ここは良しとしよう。

落ち着きを取り戻した朱景が、棍杖に弾かれた衝撃に床に転がったままの関昌偉と、彼を囲む男たちを見下ろしてから、侍女として貴族たちを相手をしていたときのやわらかな声で語り掛ける。

「皆様が、お認めくださったではないですか」

元侍女の女性的な発声が、低く鋭い男の声に変わる。

「朱家に養子を迎えることを」

朱景の視線は、その場の貴族たちそれぞれに向けられている。彼らの視線を、表情を、所作を確認しながら、蓮珠と二人で始めた一本道を慎重に進んでいく。

「我々二人を消せばそれで終わりだと思って、深く考えもせずに返事をするからですよ。……警戒すべきでしょう？　朱家の再興が叶えば、養子を迎えるか迎えないかなんて、他家が口出しすることではないのに、わざわざ了承をとったのですから」

誰も答えられない。了承してしまった上級貴族を責めることもできるが、それをすることは、承認してしまったことを認める行為であり、結果的にこちらの狙いに沿った動きになってしまう。

「さて、そろそろ、ちゃんと現実を見ましょうか。……鄒煌殿、こちらへ」

朱景は自身の傍らに鄒煌を立たせた。

「この人数を捕らえるつもりか？　先王の大粛清の再来か？」

王の護衛としての鄒煌を呼び寄せたと思っているのだろう。皮肉を口にして睨むのは、鄒煌ではなく、朱景のほうだ。上級貴族である自分が話すことができるのは、朱景だと思い込んでいる。

そして、想像もしていない。鄒煌がここに新王の隣に居るということが、自身の序列を超えているからだということに。

「おや、まだわかりませんか？　彼が皆さんの承認を得て迎えた朱家の養子ですよ。つまり、彼は朱家の者であるということです。……そうであれば、即位は可能じゃないですか。だから、ここまで昇ることに、なんの問題もありませんよね？」

朱景の言葉に鄒煌は、まだ硬い表情をしていたが、それでも顔を上げ、朝堂の上級貴族たちの視線をしっかりと受け止めた。

悪くない。ここで鄒煌の腰が引けてしまっては、玉座に就くことに説得力が出ないところだった。

「譲位の件は、我々の即位に必要な書類の中に記載されていましたよ。それに署名なさったでしょう？　署名する文書の中身を確認するのは当たり前のことです。むしろ、皆さまがあの部分について我々にご確認なさらなかったことに、脇が甘いな……と思ってしまいましたね」

朱景が怖い。煽りがすごすぎる。こういう面は榴花には隠しているのだろうか。

「……なにを馬鹿な。その男は、中流の出で、王の護衛にしかなれなかった男だぞ！　まともな後ろ盾もいない者に、いったい誰がついていくというんだ！　今度こそ、この国の政は崩壊するぞ！」

その叫びに続こうとする者たちを黙らせる圧を伴って、真永がこちらに歩み寄ってきた。

「申し訳ないが、今後の外交関係を鑑み、新王の後ろ盾には凌国が立つ」

「それは……たしかに……」

「凌が後ろ盾……。それであれば、なんとか……」

朝堂内に賛同する声が徐々に増えていく中、取り押さえられた上級貴族の一人が、鄒煌ばかりか、真永に朱景、蓮珠までも巻き込んで強く反発する。

「それがなんだ？　たかが王太子。王の候補程度ではないか。我らと同格だ。後ろ盾になどなりはしない！」

これは、国家間の外交問題に発展しかねない言葉だ。国主候補を自称するなら、外交の基本を学んでからにしてほしい。

「……相手の技量を見極めるのも為政者に必要な資質だと、兄から教わりました。……貴方がたは資質がない。華国のためにも玉座に就くのは、やめておいたほうがいい」

真永が、また見下ろしている。

「養子の件、認めたんですよね？　自身の発言に責任を持てない者は国の政を穢しますよ」

先ほど同格を主張した男は、完全に真永を敵として見ていた。

「格上のつもりか？　腹立たしい、ガキが！」

蓮珠は呆れると同時に身震いした。

「よくもまあ、そんな怖いもの知らずの発言を……」

真永を怒らせて、華国から手を引かせようとしているのだ。そうすれば、鄒煌は後ろ盾を失うから。放っておけば、ひたすら真永に突っかかっていくのではないだろうか。

やり方があからさまで、杜撰で、計画性がない。真永が言うのとは違う意味で為政者に向いていないと思うので、華国のためにも玉座を望むことそれ自体、やめておいたほうがいいと思う。それこそ、真永の件で、凌国から絶縁状と開戦宣言を突きつけられかねない。

そんなことを考えたのが良くなかった。ここに居るはずのない人の声が幻となって、蓮珠を強襲する。

「王太子で足りないか。……では、王であれば文句あるまい？」

群青の袍《ほう》に青龍が刺繍《ししゅう》された衣装の男が、背後に数名の護衛を引き連れて、朝堂の後方の扉から中に入ってきた。今上の凌王、その人である。

第八章

経世済民〔けいせいさいみん〕

朝堂に入ってきたのは、凌王だった。

「……凌王陛下。なぜここに？」

蓮珠の呟きに、朝堂内がざわめく。

だが、凌王はすぐに答えることはせず、朝堂に集まっている華国の上級貴族たちに厳しい視線を向ける。

「華国は外交下手の集まりか？　隣国の王が新王即位を祝いに来たと言うのに、まともな対応ができないとは、大国の名折れぞ。先王は臣下に恵まれなかったから、ああなったということか？」

これぞ正しい国家間煽り。まともな臣下が揃っていないと指摘することで、その程度の臣下しかいないのかと国主もまとめて馬鹿にする手法である。

「今回の件が決まった時点で、兄上に報告をいたしました。返信で、永夏にいらっしゃることは書かれておりましたが、この機に入ってこられるとは、さすが兄上です」

兄好きを隠さぬ発言をしつつ、真永が玉座の壇のほうに戻ってきた。

「兄上。華国で有意義な時間を過ごせました。……華国新王とも友誼《ゆうぎ》を結ぶことができましたので」

得物を手に本気のぶつかり合いをされたときは、こちらは肝が冷えたというのに、肯定的に語ってくれるではないか。

「陶蓮珠は、何か言いたげだが、まあ口にしないのであれば問題ない程度のことだろう。いざとなれば、相手が国主でも遠慮がないのが陶蓮珠だからな」

どこからか、三無い女官吏と呼ばれていたことを耳にしたらしい。

いったい誰が。探るように凌王の顔を窺《うかが》えば、何事もなかったかのように、蓮珠を相手に褒め言葉を口にする。

「陶蓮珠。よくぞ、華国の玉座を埋めた。仕上げは任された」

まただ。翔央に続いて、凌王までが『任せた』ではなく、『任された』と言うのだ。

誰を華王とするのか。蓮珠にできたのは、その答えを示すまでだ。朝堂内はまだ落ち着いておらず、まして華国の民は新たな王を知らない。その状態で自分は『任せた』と引き継いでいいのだろうか。

自分は、あとを任されたのに、応えられていないのではないだろうか。

「そのような顔をするものではないぞ、陶蓮珠。……なに、こちらは何とも都合がいいことに、華国の両隣の国の国主が揃っている。できないことは、ほぼない。そなたは、我らに任せておけばいいのだ」

凌王が肩越しに斜め後ろの翔央を振り返る。

「……勝手に貴方の策謀に巻き込まないでほしい」

迷惑そうな口調は、とりつくろわない素の翔央が出ていた。同じ国主同士、なにか通じ合うものがあったのかもしれない。凌を出てきた時に比べ、かなり距離が縮まっている。

「私の策謀ではない。……陶蓮珠の策謀だ」

いや、華国の問題を解決するように言ってきたのは、そもそも凌王なのだが。蓮珠は、凌王に非難の視線を向ける。

この場には、相国皇帝ばかりか、今上の凌王まで揃っている。朝堂内に集った上級貴族たちは、二人の間に視線を右往左往するばかりで、言葉が出てこないようだ。だが、全開になっている朝堂の扉の前には、華国では朝堂に入る権限のない中級・下級の貴族や官吏らが集まってきており、彼らはざわめきと期待のまなざしを、凌王と相国皇帝に向けてきていた。

すでに、朝堂内の上級貴族では収拾がつかない状態にあるのだ。

翔央は、ため息交じりに凌王の言葉を肯定した。

「そうだな。蓮珠の策ならば、大人しく巻き込まれよう。……では、貴方の話を聞かせてくれるか」

蓮珠の策ではない。なのに、それならば致し方ないから巻き込まれてやろうというような言い方は、いかがなものだろうか。

「私は君のそういう切替の早さを好ましく思っているよ」

凌王は上機嫌だ。翔央は、まだ思うところがあるようで、一歩引いている。

「俺は、思いついたことを図面に書き込んでいる時の貴方のほうが、好ましいと思う」

皮肉ではなく翔央の本心だろう。玉座の叡明に似た冷笑を浮かべ皮肉を口にするときの顔ではなく、少し悔しそうだ。しかも、それを凌王に知られたくないのか、視線だけでなく顔ごと凌王から背けている。

「嬉しいね。技術者としての私は素の私だ。……玉座の私など幻に過ぎないのだから」

凌王も本心で嬉しいのだ。この二人は、すれ違っているようで、意外と気が合っているのかもしれない。

凌王は自身の護衛に、鄒煌の部下たちとともに朝堂内を制圧するように命じる。

鄒煌はすでに手続き上の新王である。その即位に異を唱えるだけでなく、政の場である朝堂に私兵を呼び込んだことは、大逆の罪に相当する行為であることを指摘した。

だから、凌王はこの場の制圧を命じたのだ。

ただ、制圧を命じている凌王は、翔央との対話の片手間で指示を出している感覚なのか、ずっと笑みを浮かべている。上機嫌に見える笑顔で制圧命令を出す隣国の王に、華国の上級貴族たちが震えあがるのも無理もない。

ある程度の指示を出し終えたのか、凌王は再び翔央に話し掛けた。

「玉座で素の自分を晒すなんて愚行だ。求められてもいないしね。玉座においては、臣民が望み求める幻影の王の顔をするべきだ。……君もやってみるといい。案外簡単なことだ。玉座の己を守るのは、護衛でも側近ではない。己自身なのだから」

凌王も背が高いが、翔央ほどでもない。凌王は翔央の顔を見上げて語り掛けている。

それは、同時に新たな華王となった鄒煌に対して王の心得を示すものでもあった。

「君は先例として仰ぐべき存在を急に失ったから、玉座に在ることの本質を引き継いでいない。まあ、先代の華王となった君の伯父上は、先々代の華王からそれを引き継ぐ気がなかったから、ああなってしまったのだがね」

国主の先輩としてなのか、叡明を知る者としてその代わりになろうとしているのか、凌王が自身で決めた翔央に対する立ち位置はわからない。ただ、どこかへ導こうとしているのは感じる。また、鄒煌と、朝堂の内外の華国の者たちに、これからの政において先代の華王を意識する必要が無いことを遠回しに言い聞かせていた。どの発言も、狙いが一つではないところは、本当に叡明を見ているような気になる。

だからだろうか。翔央は失った片割れの言葉に耳を傾けるように、凌王の話を聞いている。

「自分には『複数の顔』なんて必要ないとでも思っているのかい？　私は君の、そういう頑固さは好ましく思えないな。これは、臣民に対して誠実であるか否かとは別の話だ」

浮かべる苦笑にさえも、翔央の成長を見守ろうとする余裕をにじませている。

「……それで、貴方は俺に、どんなことをやらせる気なんですか？」

居心地悪そうに、翔央が本題の先を促す。

「簡単なことだ。君と真永で、場を収め、郷煌殿の即位を公表するんだ。大々的に知らしめて、新王の即位を華国全体で祝う空気を作る。朝堂の中で潰されないように、ね。私が後ろに控えている。問題ないよ。……それに地方への物流路は回復したのだろう？　情報の通り道も物流路と同じだ。今であれば、国の隅々まで報せは届く」

その笑みは、己の計画が崩されることはないと確信していた。朝堂の中も、朝堂の外も、自身が組んだ計画どおりに進行すると凌王はわかっているのだ。この生粋の王器を持つ者であることを、蓮珠は本当に怖いと思っている。

同時に、その揺らぎない言葉が、戸惑う背中を力強く押してくるのだ。

「……たしかに簡単だ。では、ここは頼む。真永殿、行こう。李洸、手伝え」

「御意」

朝堂の扉のところに待機していた李洸が、翔央の声に応えて、すぐにその場に集まっている官吏たちに声掛けする。

「蓮珠。外のことは任せろ。……朝堂での即位手続きのほうは頼んだぞ」

蓮珠は頷き、真永と朝堂の外へ向かう翔央の背中を見送った。

わずかな時間、玉座に就いた。でも、それで対等になったと思える瞬間などなかった。出会った時から、いつだって、翔央はずっと高い場所にいる。

「……凌王陛下。私にできること、御命令ください」

「気負うことはないぞ、陶蓮珠。……そなたは存在するだけで、誰かの心を救っている。前へ進めと促している。だから、無理に変わろうとしなくていい。上の位に昇れば、昇るほど、傍らに立ってくれる人はいなくなっていく。孤独に押しやられるその時、ただそこに居てくれるというのは、実のところ最強の支えだ」

ほんの少し、絶望的な差を感じていた。対等になることは生涯ないと、そう思った。

でも、凌王は言う。対等である必要はないのだと。彼の傍らに立つだけだ。自分が支えるだなんて傲慢な考えは忘れ、彼が孤独に沈むことがないよう、ただ、寄り添うのだ。

それこそが「わたしにできること」だと、今更のように知り、理解した。

「……朱景殿。玉座の引継ぎを完遂しましょう。我々は、そのためにここに立つと決めたのだから」

　この国に、この国を愛し、この国のこれからを憂えて、立て直しに尽力できる王を。

「はい。最後まで演じ切りましょう。きっとどれほど詳細に書かれた大陸史にも我らの名は残らない。それでも、我々はこの役割を全うする」

　つい半刻前に、自分たちが通った儀礼として即位式。今であれば、まだ記憶は鮮明であり、二人で再現できる。天帝廟で儀礼進行を担う者が、たとえ儀礼を行なうことを拒絶したとしても、即位儀礼を二人でやり切ることができる。

「鄒煌殿。……我々が貴方を、名実ともに華国の新王にします」

　蓮珠は、下級官吏時代に儀礼と外交を職掌としていた礼部に居たのだ。その記憶も蓮珠のやり切れるという想いを支えてくれる。

　朱景と共に、鄒煌を天帝廟へと先導する。これは正しい新王即位であると、後世まで異論が出ないほど完全な即位を。それは、蓮珠が蓮珠のままで、できることだ。


　永夏の街のそこかしこに鳳凰旗を掲げられ、新王即位を祝っている。

　華国朝堂での政変騒動から、新王即位の報が国の隅々まで発されるに至った激動の日から半月が経っていた。

明日はいよいよ新王お披露目の即位式である。永夏の街中が落ち着きない中、榴花園には、この日、客人が来ることになっている。

即位式に合わせ、凌国からの祝賀の品を届けるため、翠玉と榴花が永夏を訪れたのだ。無論、凌国に残ってもらった紅玉と魏嗣も来る。街の落ち着きのなさとはまた別の落ち着かない感じが、朝から蓮珠をそわそわさせていた。

だが、翠玉たちの到着にそわそわしていたのは蓮珠だけではなかった。

「朱景。お疲れ様でした」

榴花が華国側への挨拶抜きにして、朱景に駆け寄った。

「ええ。……これでようやく威国に帰れますね」

今日の朱景は、先日登城した時のような正装ではなく、威国の黒部族に仕える庭師の装束をまとっている。榴花も帰国を前提にした威国黒部族に仕える者の装束なので、一見すると、翠玉の従者と、真永の従者が再会を喜んでいるようにも見える。

これでも片や元公主にして、元国王候補である。もう一人に至っては、わずかな時間とはいえ国主になった。元々異例の経歴を持つ庭師の二人だったが、磨きがかかった感がある。

「そうね。でも、帰国前に永夏で大衆小説を大量に仕入れてから帰りましょう。黒公主様を有める材料が必要です」

　さすがの危機管理である。榴花もずいぶんと黒公主の扱いに慣れたようだ。蓮珠は進み出て、自ら志願した。

「購入書籍の選定と輸送の手配はお任せください」

　榴花が、様々な思いを込めて、蓮珠に抱き着いた。

「はい。……少しでもいいので、蓮珠殿と一緒に過ごしたいです。本選びで永夏巡りしましょう。私、永夏の街中に出るということがなかったので、楽しみだわ」

　ともに威国から凌国に攫われて、華国での後継者問題解決の為に榴花を残して凌を離れた。そのこと自体は正しい判断だったと思っている。榴花も華国に来ていたら、朱家の思考云々に話が進まなかった可能性は高い。危険度が段違いに上がっただろうから。

　でも、彼女を凌国に残して華国に向かったことは、紅玉と魏嗣が居たにしても彼女を不安にしたことだろう。

「この半月、永夏の街をたくさん歩いてきたので、食べ歩きの案内もできますよ。思い切り楽しみましょう」

　榴花を抱き返して、そんな提案をする。

　榴花園に閉じ込められて過ごした先々王（鄒煌が即位したので）最後の公主である彼女

は、生まれ育った永夏になんの思い出もないらしい。『最終的に楽しかった』ならば、この先ずっと威国で生きていくにしても、祖国を思い出す時に懐かしいと思えるかもしれない。だから、楽しいと思ってほしい。

お互いにぎゅむぎゅむしていると、近くから、別の訪問者の声が聞こえた。

「お迎えするはずが、すっかり遅くなりました。お久しゅうございますね。榴花様」

即位式前日だというのに、なぜか主役の鄒煌が榴花園に来たのだ。

「まあ、華王陛下。他国の庭師にそのようなお気遣いは無用にございます。まして、様を付けていただくなど、とても恐れ多いこと……」

榴花は蓮珠から離れると、その場に跪礼した。その姿勢は美しく、礼をとることに慣れた様子がうかがえる。そのことに榴花が貴人に仕える側になったのだと実感させられた。また、華国の臣民ではないという意識から平伏をしないあたりにも、威国の臣民として生きる彼女の信念が見えた気がした。

「……榴花公主様は、なんというか……お強くなられましたね」

「おわかりになりますか？　威国で庭師として鍛えておりますから！」

榴花が、公主どころか貴族子女でも絶対しない、自ら袖を捲り腕を見せるという行為をしてみせる。あまりのことに、鄒煌が呆然と榴花の腕を見つめている。だが、しばらくして発したのは、元武人らしい言葉だった。

「おっしゃるとおり、良く鍛えておられますね。庭師というのは重いものを持つことが多いのでしょうか。非常に健康的です」

「ありがとうございます」

榴花は素直に謝辞を述べた。それを受け止め、鄒煌は俯いた。

「……恥ずかしいかぎりです。ほんの一瞬でも、貴女が玉座に就くことが正しいと考えてしまった。貴女の心を、まるで考慮もせずに」

それに関して、榴花も蓮珠も鄒煌を責める気はない。鄒煌には反省があるからだ。榴花も蓮珠も、結局千秋から淩国への強制移動の件で何も言われていない。千秋だけではない、その主である淩王も、偽の命令書により二人が永夏に連れてこられたことで、千秋を叱責することなく、事態を静観していた。二人とも、連れ去りが悪いことだと思っていない。不穏分子のあぶり出しに必要な処置だったぐらいにしか考えていないのだ。

鄒煌は顔を上げると、榴花と朱景の二人への依頼を口にした。

「いまはまだその余裕がありませんが、国が落ち着いたら、ぜひ威国の庭師として華国にいらしてください。放置されて、荒れてしまった庭園がいくつもありまして……」

国が傾いていたのだ。庭園管理が後回しになっていても致し方ない。とはいえ、放置したままというのも、文化一級国を称する華国としては、よろしくないというところか。

「任せてください。華国式庭園は大衆小説の記述を元にいくつも再現いたしましたから、修繕のための資料はそろっております」

榴花が承諾し、朱景も大きく頷くが、依頼した本人は首を傾げるばかりだった。

「……大衆小説？」

「そこはお気になさらず。……ご依頼お待ちしております、という話です」

朱景が笑顔で押し切った。榴花の傍らに立ち、榴花の言葉を補助する姿に、鄒煌が納得する。

「そうか。亡命ではなく駆け落ちという話は、あながち作りごとではなかったのですね。朱景殿の本来の立ち位置はそちらでしたか。それは、玉座など霞《かす》みますね。……フフ。離れて見ると、わかることがあるというわけか」

鄒煌は一度瞑目し、「御不快かもしれませんが」と前置きしてから、今や先王となった、かの華王の話をした。

「あの方が遺したもののすべてが正しいわけではないとわかるようになりました。だから、きっと私たちは、この国を立て直せる」

すべてが間違っているとも思えないというあたりが、不快かもしれないと前置きした理由だろう。その気遣いだけでも、不快になんて思えないではないか。

それは榴花も同じなのだろう。鄒煌を見上げて、微笑んだ。

「華国と威国では大陸の南北。遠くからですが、見ております。かつて、自分が生きた国が立ち上がる姿を」

元公主から新王へ。より正しく、鄒煌への譲位が行なわれた瞬間のように蓮珠には思えた。

もう大丈夫だ。蓮珠は真永と二人（といっても、紅玉と魏嗣がついてきているのだが）で、そっと三人から離れた。

凌王と翠玉がいるはずの院子に向かう道で、魏嗣がひょろっとした身体を傾け、蓮珠に尋ねてきた。

「陶蓮様。玉座に昇られたそうで。さすがですね」

いったい、だれがその話をしたのだろうか。蓮珠は頬を引きつらせた。

「歴史書にも残らないだろうわずかな時間の話です。この国の新王のためにも忘れてください」

「お衣装を拝見したかったです。女王即位は大陸史上、高大帝国成立以前の華国にしか記録がないと聞きました。女王のための冕服、さぞかし華やかにして厳かなお衣装だったのでしょう。その時にお側に居られなかったことが悔やまれます。華国行きに同行したかったです」

美しい衣装をこよなく愛する紅玉が想像してため息をつく。

「淩を出る時に、そんなことになるなんて、欠片も思っていませんでした。そもそも急なことだった上に、華国人の標準的な体格ではないので、身体に衣が合っていなくて……」

蓮珠としては、うっとりするようなものではなかったと言ったつもりだったが、真永が鋭い一撃を投じてきた。

「とてもお似合いでしたよ。皇后の衣をまとわれることに慣れていらっしゃったからですかね？　衣装の品格に合っておられた。玉座の置かれた壇の上に在っても、堂々としたお姿は女王の風格をお持ちでした」

真永のそんなことを言うものだから、魏嗣も紅玉も蓮珠にぐっと距離を詰める。

「おお、ついに皇后だけでなく女王の風格まで身に付けられたのですか？　陶蓮様。さすがすぎますよ！」

「そ、それはますます拝見したかったです」

いや、もう本当に忘れてほしい。歴史の裏側に、叡明でも掘り起こせなかっただろう奥の奥に埋もれていてほしい話だ。国が国なら、時代が時代なら、蓮珠たちがしたことは、王位を弄んだ大罪人の所業なのだから。本人だけが、そんなこともしてしまったなあ……と、ふとした瞬間に思い出して、地の底まで落ち込めばいい話なのだ。

「そ、そこまで！　二人とも落ち着いてください。ほら、院子に着きましたよ」

院子に着いたことで、蓮珠は後方の二人に優秀な側仕えの顔に戻すよう促した。

榴花園の院子では、凌王と翠玉が王城に運び込む祝賀の品の最終確認をしていた。いずれ帰国して相国も祝賀の品を贈ることになるため、凌王たちの傍らで翔央が李洸を伴い見学していた。

庭師に戻った榴花と異なり、翠玉は凌王太子妃の立場にある。そのため、榴花園入りしてからも公務をしていた。

真永は凌王と翠玉に歩み寄ると、軽い声掛けをした。

「終わりましたか。兄上。翠玉殿」

凌王と翠玉が手にしていた目録を折りたたみ、使いとして王城に向かう者に手渡した。

「ああ、真永。ちょうど確認作業が終わったところだ。そちらは問題なく？」

「はい。榴花殿を狙う者はいないようでした。黒部族の装束をまとったことが功を奏したのかもしれませんね」

真永が蓮珠たちと榴花と朱景の再会の場に居たのは、いまさらになって榴花を担ぎ出そうと狙ってくる者がいるかもしれないと警戒してのことだった。

「そうか。先王の大粛清に、今回の大逆閉門。いいかげん、この国の不穏分子は取り除けたということか」

凌王は、それだけ言うと、翔央たちのほうへ向かい、その場を離れた。

「真永さん。お姉ちゃん！　ようやく会えたね」

翠玉が笑顔で二人のほうへ歩み寄る。だが、真永まであと一歩のところで止まり、言葉を検めた。

「あ……。真永様。ご無事で何よりです」

翠玉が周囲の視線に改めて真永と向き合い、優雅な礼で彼を迎える。

真永との再会の喜びと、彼が無事であることへの安堵とが混ざった、涙目の笑みだった。その涙にたくさんの想いが詰まっているようで、かえって、続く言葉もないまま、真永を見つめていた。

「翠玉様。華国に来て、覚悟を決めました。……凌の民のために生きていこうと思います。そのためにも、帰国したら支持を得られる後継者になりますね」

「はい。お支えします。真永殿」

敬称が、陶家の家人だった時のそれに戻っているのだが、この二人は普段からそのように呼び合っているのだろうか。それって、対外的にどうなんだろう。多少不安に思っているところに、間近ですすり泣きが聞こえた。翔央のほうに行ったはずの凌王がいつの間にか戻ってきていたようだ。

「真永、立派になって……」

凌王はつまり気味の声で呟いている。兄馬鹿全開で、弟の成長と後継者宣言に感動して、顔を涙でぐっしゃぐしゃにしている。

こんな姿を見せられたら、蓮珠もこみ上げてくるものがある。

「翠玉が、可愛いすぎる！　圧倒的大衆小説の主人公感！」

視界が涙でぐっしゃんぐっしゃんだ。

「この二人の同類感たるや……」

斜め後ろ辺りで翔央のそんな呆れ声がしたが、無視することにした。

兄馬鹿と姉馬鹿がなんとか落ち着いたところで、凌国組は祝賀の品を届けに王城へと向かった。

「蓮珠。手が空いているなら少し街を歩かないか？」

どうやら翔央自身は、祝賀の品の件を李洸に任せて手が空いているようだ。先ほど榴花と街歩きする約束をしたので、その下見に永夏の街を歩くのもいいかもしれない。

「はい。ご一緒します」

翠玉や榴花と異なり、今回の華国行きでも一緒に居たが、二人で出かけるというのはなかったことなので、自然と笑みがこぼれていた。

永夏の街中が赤系の色で染まっていた。主に、家や店先に掲げられた鳳凰旗によるものだが、吉祥紋の切り絵などもある。街中が新王即位を歓迎していた。

顔も知らない上級貴族の誰かが王になるというならともかく、庶民に近い場所で復興のために尽力していた鄒煌が王位に就くというのだ、歓迎どころか、大歓迎という空気が街を満たしていた。

「すごいですね」

蓮珠はにぎわう街を翔央と並んで歩きながら、感嘆の声をあげた。

「嬉しそうだな?」

問われて、たしかにこれは嬉しいという感情だと認識し、少し考える。

「……わずかな時間でしたが、この国の国主になりました。だから、この国が立ち直ろうとする姿が、その熱量が、とても嬉しくなるのだと思います。この国の民は、諦めてなどいません。だから、時間はかかったとしても、いずれは傾いた国を立て直すでしょう」

大丈夫だ。華国の民のことを考えて行動できる王を得たのだ。この国は、立て直すことができる。

「蓮珠が言うなら、そうなるんだろう。……永夏の整備が終わった時に間に合うよう、相国側も貿易の本格再開を急ぐように言わねばならないな」

言葉の端々ににじむ、帝位の重みを受け止めた考え方。そのことに、少しばかり息苦しさを感じる。だが、凌王の言葉を思い出し、蓮珠は街を行き交う人々に視線を移す。

「……もしかすると、立后式を思い出して、少し懐かしい気分になっているからかもしれません」

「あの立后式を懐かしむ……？　とんでもなく大変な思いをした記憶しかないんだが」

翔央が昨年の秋の立后式を思い出し、眉を寄せた。

「そうですか？　いまと同じように、翔央様と街を歩きました。最終的には楽しい思い出として締めくくっているので、私は懐かしくなりますよ」

冬来の身代わりとして表に出る時は、身代わりにならねばならない状況が発生しているわけで、常に大変な思いをしている。それでも、二人で街歩きした記憶は、ただただ楽しいものだった。

「そうか。……そうかもしれないな。俺も最終的には祝祭に沸き立つ栄秋の街を、蓮珠と二人で巡れたのが楽しかった。お、時間差で懐かしくなってきたぞ」

もうすぐ秋が来る。その立后式から一年になる。一年の間には、立后式の時以上に大変な思いをした出来事が途切れなく発生した。それを思えば、立后式の頃の記憶は、懐かしむことができる輝きを放っている。

「……あの頃に比べると、翠玉はずいぶんと強くなったたな。凌国への輿入れの話を最初に聞いた時は、内心大丈夫だろうかと思いもした。姉離れできるとは思えなくて」

「そうですか？　わたしは、あの二人の初対面に居合わせました。あの時点で翠玉の心が動いたのもわかりましたし、凌の使節として訪相するくらい身元が確かなら、悪くないとも思っていました。もちろん本人たち任せで見守るだけでしたけど。あの時は、なにより、あの人の手の届かないところに翠玉が行けるのであれば、そのほうがいいと思っていましたから」

姉離れしていくだろう予兆は見えていた。華王に見つかるその前に逃がしたいという想いもあったから、妹離れの時が来ているという覚悟もあった。

「まあ、でも先ほどの二人のやりとりを見たせいでしょうか。本当に翠玉の姉を卒業したんだな、って思いました」

「思っていたより落ち込んでいないならいい。……うむ。俺も兄卒業ということだな」

しみじみとそう口にしてから、少しだけ緊張した様子で尋ねてきた。

「兄と言えば……。叡明の手紙には、何が書いてあったんだ？」

「予想はついているんじゃないですか？」

蓮珠は、文面そのものは答えずに、疑問を返した。

「そうか。ならば、俺が唯一書ける叡明字のアレだな」

やはり、翔央も予想ができていたようだ。『あとは任せた』は、自分たち二人にとって、心の奥深くにまで届くように刻みこまれた絶対の一文だから。

「……あの文面の『あと』って、どの範囲のことなんでしょうか？」

蓮珠は、何度考えても答えの出ないそれを翔央はどう解釈しているのか知りたくなって訊いてみた。

「あの文面で、もっとも性質《たち》の悪い『あと』な。……たぶん、その時々で範囲が違うんじゃないかな。叡明のことだから、刻々と状況が変わっていく中で、俺たちに任せる範囲が変わっていくことも考慮した上で書いたんじゃないかと思うから」

案外早く、答えが返ってきたところをみると、翔央も普段からあの『あと』が何を対象としているか考えてきたのだろう。

「でも、それって……いつまで経ってもお仕事終わらなくないですか？」

「叡明からしたら、それでいいんだよ。……任された側が、必死に考えて、行動して、新たな問題にぶつかっては、またそれも範囲だと思って、必死に対応を考えて……。そうやって、考えることを辞めないように促すことが、叡明の目的なんだ。きっと、俺は叡明に任された『あと』をどうするか、その都度考えて生きていくんだ。死ぬまで、ずっと。なあ、こういうの……兄離れできてないって笑うか？」

翔央が兄離れできていないことなんて、だいぶ前から気づいている。片割れを失ったことで、その傾向がより強くなってしまったことも気づいている。

「わたしも、その思考の繰り返しの中に組み込まれています。だから、一緒に考えましょうか。二人で……いえ、李洸様も張折様も巻き込んで、時には紅玉や魏嗣にも尋ねてみましょう。そうやってみんなでたくさん考えたら、いつかはお仕事完了にたどり着けるかもしれませんよ？」

そのままの自分で、この人の隣に居る。隣に居るために、その都度、刻みこまれた言葉の対象範囲を考え、いかに対応しようかと考え、どうすればこの人が傷つかずに生きてい

ける かを考える。わたしは、そうやって生きていく。思考を止めることなく。

「笑うなら、……今はもういない人の言葉に、お互い振り回されていますねって、一緒に笑いましょう。できることは任されて、できないことは任せて。そうやって、生きていくんです」

いまできる最上級の笑顔で、隣を歩く翔央を見上げた。

「翠玉が強くなるはずだ。この姉に育てられたんだからな」

姉妹二人で生きていくために。強く在らなければならなかった。でも、いまは……。

「ええ。わたし、強いですよ。だって、叡明様が貴方の『あと』を任したくらいですから」

その都度、対象範囲が変わるのだとしたら、いまこの瞬間、任されている『あと』は、きっと翔央のことを含んでいるはずだ。

自分がそう思ったなら、それが正解だ。あの叡明が、蓮珠がこう考えることを見抜けずに、あとを任せたりしないはずだから。

そう思わねば、ここに、翔央の隣に立っていられない……。

弱さが滲み出る。それをふり払うように腕を振り上げ、空を指をさす。

「……太陽がだいぶ傾いてきましたね。榴花園に戻りましょうか」

蓮珠は手を下ろすと、翔央の袖を引いた。

「そうだな。遅くなると、捜索隊を出しかねない心配性ぞろいだからな。うちの連中は」

そう言って苦笑する横顔に、どうしようもなく心が軽くなる。翔央の目に、公人としての表情にはない、私事の本音が見えているから。

凌王の言葉には力があり、真実がある。それでも、そのままの自分で翔央の傍らにいることが正しいのだということに、蓮珠の心が馴染むにはまだ時間がかかりそうだ。しかたない。この身には、考え続けることを強要する言葉が刻まれているのだから。


永夏の街が新王即位の喜びに沸き立った即位式の日の夜、王城の宴の席で凌王が蓮珠に問う。

「さて、陶蓮珠。そなたは、わたしに報告すべきことがあるのではないか？」

仕事の終わりは、報告が必須である。蓮珠はその場に跪礼すると、華国での課題解決を報告し、報酬を求めた。

「凌王陛下。華国の玉座は埋まりました。凌国からの出国許可をいただきたく存じます」

後継者問題の解決に動き出す始まりの目的は、凌国から出国許可を得ることであった。巡り巡って、ようやくたどり着いた。

「よろしい。約束どおり、相国一行に出国を許す。……龍貢殿と、これからの話をするべきだ。この大陸の状況は刻々と変わっている。相国先帝も視えなかっただろう新たな状況の中で、己の民がどうあるべきか、自身はどうあるべきか。よくよく考えて、答えを出すといい」

途中から、凌王は翔央に対して言葉をかけていた。

「いつか、改めて凌国へ行きます。……兄夫婦もおりますし」

後半に言い訳を付けるも、翔央が自分から凌国訪問を口にした。

翔央は、蓮珠を威国から攫わせた凌王を許してはいない。だが、国主の先輩であり、今は亡き兄と同質の王の器を持つ人に、なにかしら惹かれる部分があるのだろう。

その複雑さを正しく理解している凌王は、翔央の訪凌を歓迎した。

「その日を楽しみに待つとしよう。……あー、でも、陶蓮珠は当面凌国に入ることを禁じるので、連れてこないように」

突如、話が蓮珠に戻ってきた。

「な、なぜですか？」

凌国・華国、その両方の後継者問題を解決したと言っても過言ではないと思うのだが、何が良くなかったのだろうか。焦って尋ねる蓮珠に、凌王が冷たく言い放った。

「そなたが来るだけで、面倒ごとが起こる。だから、国政が落ち着くまで、訪凌は控えてくれ」

なんという理不尽。当面、翠玉に会えないということではないか。蓮珠は面倒ごとを呼び寄せているわけではないのだ。冤罪《えんざい》である、断固反論を、そう思ったところで、更にお断りをくらった。

「できれば、うちも……」

「鄒煌殿!?」

蓮珠は思わず叫んだ。これに張折が笑い出す。

「いいじゃねえか、陶蓮。威国じゃ不穏分子あぶり出しに国内巡れって言われてんだ。国政ひと段落したら、そういう役目が回ってくるって」

そんな仕事は嫌だ。蓮珠は、はじめてお仕事お断りの文言が頭に浮かんだ。

「わたしが厄介ごと招きっていう前提が、おかしくないですか?」

蓮珠の抗いに、翔央が宥める。

「だが、蓮珠。これは考えようによっては、世の需要があるということだ。いいのではないか？」

「よくないですよ！」

宥めるとは逆の効果だ。味方なしの状態に、蓮珠が不満を訴えると、今度は凌王が、それも逆効果でしょうと思えることを言ってきた。

「安心しろ。城の一部では惜しまれているぞ」

なぜだろうかと思っていると、その場に同席していた凌王の側近が涙ぐむ。

「相国の方々が、去ってしまわれるとは！　業務をお手伝いいただきました御恩は忘れません」

書類まみれの相国にいた身としては、凌国の決裁書類はまだ少ないほうだ。

「またお手伝いに、と言いたいところですが、凌国出禁の身となりましたので」

「拗ねるでないぞ、陶蓮珠。国政が落ち着くまでの一時的なものだと言っているではないか。いずれ、不穏分子のあぶり出しに呼ぶから、その時は頼むぞ」

「その需要はその需要で、不本意です」

蓮珠がますます不満を表情に出したところで、凌王が口調を変えた。

「そなたらが華国で動いている間に、チアキを大陸中央に派遣して、状況を探りに行かせていたが、かなり混沌としたことになっているようだ。正直、龍貢殿が禅譲を受けられるかも危うぃと思っている。……大陸中央は広い。引き寄せる厄介ごとの規模も大きくなるだろうから、陶蓮珠は十分自重するように」

千秋の姿が見えないと思っていたが、大陸中央から戻っていないようだ。遊撃隊の隊長もお忙しいことだ。最後の一言が余計だが、ありがたくいただいた情報を胸に刻んでおこう。

「それにしても不穏すぎる」

蓮珠は、ようやく得た凌国からの出国許可を行使しなくてもいい気さえしてきたが、凌国出禁の身なので、いずれにしても凌国に逃げ込めない。ついでに言うと、華国からも出禁とされたので、華国にも逃げ込めない。威国ならば受け入れてくれるだろうが、凌国側からの経路を使えないので、大陸中央を抜けていくことになる。どの道、大陸中央に行くしかないということだ。

今回ばかりは、呼び寄せるまでもなく、厄介ごとの渦中に飛び込むことになるのかもしれない。蓮珠は、緊張に小さく小さく息を吐いた。

終章

大陸中央への経路は、華国を出て黒龍河を船で上り、龍貢の配下にある港で降ろしてもらい、そこからは陸路で龍貢の本拠を目指すことに決まった。

「白鷺宮様。禅譲が成立したのちでかまいません。華国にいらっしゃいませんか？」

永夏を出る直前、華国新王・鄒煌にそう声を掛けられた。

「自分は相の民なので、相のために生きていくと決めている。それが、どんな立場であっても、だ」

翔央の中で、それだけは決まっているようだ。

李洸や張折は、もう一歩踏み込んで、禅譲自体を白紙に戻し、翔央が長く帝位にあることを望んでいる。

「相国の民はなんにでもなれますよ、主上。一瞬のこととは言え、元国主が無職の官吏再任用希望者ですよ。この件ばかりは、叡明様であっても、歴史書に書くことを躊躇《ためら》われたでしょうね」

李洸の空笑いが怖い。

「書類作成ではお世話になりました。流し読みになって、細かな文言を見落とすことを狙った書類として完璧でした。ありがとうございます」

上級貴族をこちらが狙ったとおりに動かすのに、あれほどよくできた小道具はなかった。

正直、上級貴族の署名を得られた時点で、ほぼ勝ちが確定したと感じたくらいだ。それぐらい重要なものだった。

「わたしが無事に官吏再任用希望者に戻れたのも、あの文書あってのことです」

「……それは良かったです。威国に続いて、華国でも書類作成ですよ。文官としての勘が鈍らずに済みますから、小官としてもありがたいことです。主上も、武官の勘が戻ったんじゃないですか？　朝堂の外で私兵団相手にだいぶ大暴れしましたものね。凌王陛下も朝堂内の制圧の前に、外を片付けたいからって、他国の国主使うとか……」

あの時の私兵団一掃は、凌王の提案によるものだったらしい。

凌王に武人としての腕を信頼されていると言えば聞こえがいいが、他国の国主に無茶をさせるものだ。

「いや、凌王から得たものは多い。……今回の件では、玉座が正しく在ることの重要さを学んだ。そこを含めて、俺は相国民のために生きると改めて決めた」

それは、武官に戻るという話ではなかった。玉座が正しく在ることの重要さに言及した以上、自身が皇帝としてどう在るかを学んだという意味になる。その上で、相国民のために生きることを決めたというのだ。

「主上……」

李洸の声が、彼には珍しくうわずっていた。

だが、翔央はそれ以上、この件に関して明確な何かを口にはしなかった。

「……まずは、もっと学ばねばな」

ため息交じりにそう言っただけだ。翔央は、ここまで来てなお自身が皇帝に足りていると思えないようだ。

「……一緒に科挙の勉強でもしますか？」

科挙は、官吏にとって政の基本である。

「……それは、悪くない献策だ」

翔央は瞬間きょとんとしてから相好を崩すと、蓮珠の策をそう評した。

「腰据えて学ぶ余裕を得るためにも、まずは龍貢様と腹割って話したほうがいい。白豹も、千秋殿と同じく大陸中央の混乱状態を報告してきていますからね」

張折が厳しい顔で言うから、蓮珠は凌王の無茶ぶりを思い出す。

華国出発前と同じく、凌王が船に乗り込む直前に蓮珠だけを呼び寄せ、自国の皇帝にさえも言ってはならないという他言無用の話をされた。

『実は、少し前からチアキの報告が途絶えている。大陸中央のどこかにいるはずだ。陶蓮珠。チアキの無事を確認し、凌に戻ってくるように伝えてほしい。……そなたのことだ、大陸中央の混乱の中心に首を突っ込むことになるだろう。状況的にチアキもそこに居る可能性が高い。頼むぞ』

青龍遊撃隊を率いる千秋ほどの武人が、凌王に報告を届けられない現状にある。それほどまでに大陸中央は危険な状態にある。龍貢とその軍もどのような状態にあるかわからない。崩壊している可能性だってないとは言い切れない。

自分たちは、本当にそこを目指していいのだろうか。

「おーい、そろそろ下船だとよ！」

張折が甲板で声を張り、蓮珠たちを下船準備へと促す。翔央も蓮珠から離れ、自身の下船準備に向かった。

下船の準備を終えたところで榴花が挨拶に来てくれた。榴花と朱景は、船でさらに北上して、威国蒼部族の貿易港を目指す。

「それでは、皆様。また、いつかお会いしましょう」

「はい。……黒公主様に『陶蓮は無事だ』とお伝えください」

蓮珠が言うと、榴花が力強く応じる。

「もちろんです。蓮珠殿の危機とあっては、あの方ばかりか首長様も、大軍率いて出撃すると言い出しかねないので」

否定できない。黒公主だけなら一軍で済むだろうが、黒熊がかかわっては大軍になる。

「相国が落ち着くことが、なによりも貴女の無事を黒公主様にお知らせすることになるでしょう。なにもかもが落ち着きましたら、また元都にいらして、私たちの庭を見てくださいね。永夏とは逆に元都の案内をいたします」

相国が落ち着くことが、自分の無事を知らせること。榴花の言うとおりだと思った。蓮珠は、故郷を焼失した夏の日から、相国のために生きていきたい想いが強い。どれほど大陸中を巡り巡ったとしても、いずれは相国に帰る。相国の平和は、相に生きる蓮珠の無事を、威国にまで届けてくれるだろう。

「はい。必ずや、その日を迎えてみせます。榴花殿と朱景殿が作る庭を観に行ける日を楽しみにしております」

再会の誓いを、別れの挨拶として、蓮珠たちは船を降りる。

大陸中央の東、黒龍河に面した港に降りた。

永夏港とは異なり、荒れてはいなかった。

「……不気味なほど静かだな」

翔央が、李洸と張折がわかっていても指摘したくないことを、代わって口にする。

大陸南方からの大型の船が着港したのに、港は人気のないままだった。

蓮珠たち以外に降りた者はなく、船に乗ろうとする者の姿もない。

「混乱状態という話でしたが、たしかに静かですね。様子を探るにしても、これでは切っ掛けが無い」

李洸が周辺を見渡して首を振る。続いて、張折も眉間の皺を深くして呟いた。

「人の姿のひとつもあれば、着ている物や目に見える範囲の身体の状態、持っている物なんかで、ある程度状況が読み取れるんだがな。……これは想定外だ」

もう一度船に乗る、と言うのも選択肢である。

だが、この集団の長は、翔央であり、判断は彼が下す。

「白豹。狭い範囲でいい周辺警戒を強めろ。今回は距離をとるな。俺の声の届く範囲にいてくれ」

白豹に指示を与えながら翔央が桟橋を渡り、船から遠ざかる。上陸の意志に変更はないようだ。

「畏まりました。お近くにおりますので何かあればお声がけください。また、こちらも何かを発見しましたらお声がけいたします」

周辺に建物らしきものがない船着き場の桟橋を進んでいるのだが、どこからか白豹の声がする。どこに潜んでいるのか、蓮珠では全くわからない。

ただ、翔央が白豹を偵察に出さず、近くに居るように命じた。白豹のほうでも人がいないか見てくるという献策もしなかった。離れても動ける密偵を、翔央が自身の近くに置いておくと判断した。それだけで十分に怖くて緊張する。

「……では、大陸中央地域龍貢領に踏み入るとしよう」

翔央が龍貢領上陸の第一声に続けて、目的を口にした。

「龍貢殿は、いまもって相国を託す相手として正しい選択なのかを見極める。……次いで、この大陸中央で起きている事態を正確に把握する。それが我らの国にどう影響するか。影響の内容によっては、即刻帰国することも考えている」

翔央が李洸と張折に視線を向けた。二人が頷き、翔央の判断に異論はなく、方針に従う旨を示す。

「皆、気を引き締めろよ。この大陸中央で起きている混乱状態については、実のところ、なにひとつ具体的な話が入ってきていない。少しの油断も命取りになると思って行動するように」

これはやはり、厄介ごとの渦中に飛び込むという話だ。

蓮珠は長く息を吐き出し、自分たち以外に人気のない港を睨み据えた。

双葉文庫

あ-60-12

後宮《こうきゅう》の花《はな》は偽《いつわ》りを貫《つらぬ》く

2024年10月12日　第1刷発行

【著者】

天城智尋《あまぎちひろ》

【発行者】

島野浩二

【発行所】

株式会社双葉社

〒162-8540 東京都新宿区東五軒町3番28号

［電話］03-5261-4818(営業部)　03-5261-4851(編集部)

www.futabasha.co.jp(双葉社の書籍・コミックが買えます)

【印刷所】

中央精版印刷株式会社

【製本所】

中央精版印刷株式会社

【フォーマット・デザイン】

日下潤一

ISBN978-4-575-52803-9 C0193

Printed in Japan